U0541446

中国社会科学院文学研究所"中国网络文学发展研究报告"课题成果，中国社会科学院"网络文学与大众传媒"新兴和交叉学科经费资助。

中国网络文学发展研究年度报告

(2019—2023)

刘玉宏 主编

中国社会科学出版社

图书在版编目（CIP）数据

中国网络文学发展研究年度报告：2019-2023 / 刘玉宏主编. -- 北京：中国社会科学出版社，2025.4.
ISBN 978-7-5227-4956-3

Ⅰ. I207.999

中国国家版本馆 CIP 数据核字第 2025G1J065 号

出 版 人	赵剑英
责任编辑	郭晓鸿
特约编辑	杜若佳
责任校对	师敏革
责任印制	戴　宽

出　　版	中国社会科学出版社
社　　址	北京鼓楼西大街甲 158 号
邮　　编	100720
网　　址	http://www.csspw.cn
发 行 部	010-84083685
门 市 部	010-84029450
经　　销	新华书店及其他书店
印　　刷	北京明恒达印务有限公司
装　　订	廊坊市广阳区广增装订厂
版　　次	2025 年 4 月第 1 版
印　　次	2025 年 4 月第 1 次印刷

开　　本	710×1000　1/16
印　　张	13.25
插　　页	2
字　　数	163 千字
定　　价	69.00 元

凡购买中国社会科学出版社图书，如有质量问题请与本社营销中心联系调换
电话：010-84083683
版权所有　侵权必究

目 录

序言 担负新的文化使命,创造属于我们这个
时代新的文化样本 ················· 刘玉宏(1)

2019年度网络文学发展报告

开篇 ··· (3)

第一章 内容创新多元发展 ························· (4)
第一节 行业生态格局良性变化 ··············· (4)
第二节 多元化专业化发展提升 ··············· (6)
第三节 媒介更新迭代带来变革趋势 ········· (8)

第二章 现实题材创作成为主流风向标 ········· (9)
第一节 现实题材效应持续扩展 ··············· (9)
第二节 现实题材创作"整体性崛起" ······· (11)
第三节 现实题材作品凸显创作理念 ········ (12)

第三章 网络作家迭代效应 ······················· (14)
第一节 谁在写
——中生代作家崛起 ················· (14)

1

第二节 内容为王
　　——人性化与社会化思考 ……………………（20）
第三节 谁是赢家
　　——新生力量快速上升 ………………………（21）

第四章 粉丝用户文化构建 ……………………………（23）
　第一节 "网生代"改变网文生态 ………………………（23）
　第二节 粉丝用户互动 …………………………………（25）
　第三节 IP 文化塑造 ……………………………………（28）

第五章 IP 价值开发联动 ………………………………（30）
　第一节 发挥资源优势 …………………………………（30）
　第二节 IP 多元开发 ……………………………………（32）
　第三节 IP 价值联动 ……………………………………（33）

第六章 中国故事扬帆出海 ……………………………（35）
　第一节 传播中国表达 …………………………………（35）
　第二节 应对国际需求 …………………………………（37）
　第三节 夯实文化自信 …………………………………（38）

结　语 ……………………………………………………（40）

2020 年度中国网络文学发展报告

总论 2020 年,网络文学的迭代与新生 …………………（45）

第一章 网络文学作家逆势增长,队伍构成、平台关系
　　　走向迭代 ………………………………………（49）
　第一节 网络文学内容创作逆势增长 …………………（50）

第二节　网络文学作家队伍构成新趋势 …………………(51)
　　第三节　网络文学平台与作者新关系 ……………………(56)

第二章　网络文学消费群体迭代
　　　　——Z世代主导的网络文学用户新貌 ………………(58)
　　第一节　Z世代主导的网络文学用户付费意愿更强 ……(58)
　　第二节　遍及全网的书友高频互动 ………………………(59)
　　第三节　书粉衍生创作构建IP"基建" ……………………(61)

第三章　网络文学新兴商业模式 ……………………………(63)
　　第一节　免费阅读发展趋势 ………………………………(63)
　　第二节　新媒体文发展趋势 ………………………………(68)

第四章　网络文学出海新发展 ………………………………(69)
　　第一节　国内作品出海规模 ………………………………(69)
　　第二节　海外原创生态与特点 ……………………………(71)

第五章　网络文学IP开发新趋势 ……………………………(74)
　　第一节　网络文学改编形式多元化 ………………………(74)
　　第二节　IP改编链路趋向耦合 ……………………………(76)
　　第三节　改编题材优势类别表现突出 ……………………(77)

第六章　网络文学版权保护新进展 …………………………(79)
　　第一节　网络文学盗版损失规模 …………………………(79)
　　第二节　盗版侵权新趋势：移动化、跨境化、产业链化 ……(79)
　　第三节　对版权保护工作的建议 …………………………(81)

结　语 ……………………………………………………………(83)

2021中国网络文学发展研究报告

引言 网络文学是大众创作、全民阅读的中国故事 …………(87)

第一章 网络文学实现题材转向,现实、科幻内容崛起 ……(90)
第一节 网络文学成为普通人记录当代中国的
重要载体 ……………………………………(91)
第二节 网络文学的文化传承、媒介变革与内容创新 ……(93)
第三节 科幻网络小说的多样化发展与精细化运营 ……(95)

第二章 网络文学推动全民阅读,Z世代引领新气象 ……(98)
第一节 网络文学已是全民阅读的重要组成部分 ……(98)
第二节 "Z世代"读者成新增主体,引领网络文学新气象 ……(99)

第三章 保护、激活创作生态成网络文学行业重点 ………(102)
第一节 激发创作活力,"Z世代"成网络文学接班人 ……(102)
第二节 加强版权保护,推动综合治理,
促进有序繁荣 ……………………………(104)

第四章 网络文学IP全链路系列化高质量开发启新篇 ……(109)
第一节 现象级爆款巩固影视化语境中的网文地位 ……(109)
第二节 全链路改编激发IP转化的强劲势能 …………(110)
第三节 精品IP系列化开发势头良好 …………………(112)

第五章 "网文出海"纵深发力,中国故事"圈粉"全球 ……(114)
第一节 网文出海规模化效应的全球化显现 …………(115)
第二节 网文出海的"国际基因"与模式创新 …………(115)
第三节 中国网文"生态出海"的前景展望 ……………(117)

结　语 …………………………………………………（119）

2022 中国网络文学发展研究报告

引言　网络文学是推进文化自信自强的重要力量 …………（123）

第一章　网络作家的文化自觉与网络文学的主流化 ………（125）

第一节　年轻化与多元化持续，"90后"作家成
　　　　创作中坚 ……………………………………（125）
第二节　职业背景丰富多彩，跨界书写引领行业潮流 …（126）
第三节　坚守人民立场，主流化意识不断增强 ………（127）

第二章　网络文学题材进一步拓展优化 ……………………（129）

第一节　现实题材的稳步发展与幻想题材中的
　　　　现实观照 ……………………………………（129）
第二节　基建、工业题材网文中的中国经验 …………（131）
第三节　非遗、国风题材网文中的中华传统审美理想 …（132）

第三章　网文产业价值持续放大，IP转化迭代升级 ………（133）

第一节　模式迭代，多元呈现拓宽IP产业链的
　　　　环状赛道 ……………………………………（134）
第二节　深耕内涵，中国文化激活网文IP的社会价值 …（135）
第三节　双向周期，精品化、系列化开发催生改编爆款 …（135）

第四章　推进版权保护生态共治，探索版权治理中国方案 ……（137）

第一节　政府主导、行业自律，推进版权保护
　　　　共治、共享 …………………………………（138）
第二节　多措并举、精准打击，探索版权治理的
　　　　"中国方案" …………………………………（139）

第三节　加速正版化,助力文化产业整体创新与发展 ……（140）

第五章　网络文学海外传播现状简述与前景展望 ………（141）
　　第一节　生态出海格局初步形成,线上翻译作品
　　　　　　持续发力 ……………………………………（141）
　　第二节　海外原创作家激增成为年度亮点 …………（142）
　　第三节　出海调研数据分析与发展前景展望 ………（143）

结　语 ……………………………………………………（145）

2023 中国网络文学发展研究报告

第一章　作家迭代、题材多元,精品佳作助力"高质量发展" ……（151）
　　第一节　年龄、教育结构持续优化,"95后""00后"引领
　　　　　　创作风潮 ………………………………………（151）
　　第二节　头部突破、长尾精进,精品网文全民向、
　　　　　　陪伴性凸显 ……………………………………（153）
　　第三节　类型化题材复合发展,深度开掘智性转向 …（154）
　　第四节　"国潮"写作带动年度风尚,传统文化融入
　　　　　　多元题材 ………………………………………（156）

第二章　AIGC:网络文学内容生产的新机遇与新挑战 ……（161）
　　第一节　机器翻译助力网络文学的海外传播 ………（162）
　　第二节　AIGC作为网络文学创作的辅助工具 ………（163）
　　第三节　AIGC在粉丝文化活动与IP前置
　　　　　　开发中的应用 …………………………………（165）

**第三章　市场提速、视频加持,IP转化呈现新路径和
　　　　　新增量** ……………………………………………（167）
　　第一节　网文IP在影视改编资源序列中继续领跑 ……（168）

第二节　动漫、科幻成为放大 IP 影响力的重要增量 …… (169)
第三节　微短剧成为网文 IP 转化的新风口 ………… (171)

第四章　持续推进版权保护生态共治，为网络文学海外传播保驾护航 ……………………………………… (173)
第一节　版权保护的制度指引 ………………………… (173)
第二节　头部企业以全方位保障与服务为创作护航 …… (174)
第三节　加速正版化进程，提升网络文学海外传播效能 …………………………………………… (176)

第五章　潜能迸发，网文出海规模和机制快速拓展 ……… (178)
第一节　出海规模日新月异，海外原创遍地花开 ……… (178)
第二节　网文出海生态持续向好，赛道爆款储蓄全球 IP 潜能 …………………………………………… (181)
第三节　AI 翻译前景无限，"一键出海"助力全球追更 …………………………………………… (183)

结　语 ……………………………………………………… (186)

附录　《2023 中国网络文学发展研究报告》发布暨研讨会致辞实录 ……………………………………… (188)

序言　担负新的文化使命，创造属于我们这个时代新的文化样本

刘玉宏

习近平总书记在党的二十大报告中作出了推进文化自信自强、铸就文化新辉煌的重大部署，指出全面建设社会主义现代化国家，必须坚持中国特色社会主义文化道路，发展面向现代化、面向世界、面向未来的民主的、科学的、大众的社会主义文化，激发全民族文化创新创造活力，增强实现中华民族伟大复兴的力量。2023年召开的文化传承发展座谈会上，习近平总书记发出了在新的起点上继续推动文化繁荣、建设文化强国的伟大号召，为担负起新的文化使命提供了科学行动的指南，为繁荣发展文化事业、加强构建中国自主知识体系、增强中华文明的传播力影响力指明了前进的方向，提供了根本的遵循。

网络文学诞生于信息技术革命的浪潮之中，以其纪实性、互动性的传播方式和体量庞大的受众群体，影响着文学形式与内容的更新迭代，成为新大众文艺的重要内容。中国互联网络信息中心最新发布的《中国互联网络发展状况统计报告》显示，截至2023年6月我国网民规模达到了10.79亿人，互联网普及率达到

76.4%，其中网络文学作品用户规模达到了 5.37 亿人，达到历史新高水平。网络文学的社会影响力持续增强，已经成为当前我国文学创作、文化产业领域的新生力量，也是推动中华优秀传统文化创造性转化、创新性发展的重要来源。近年来网络文学主流化程度显著提升，文化自信、强国叙事，已经成为网络文学创作新趋势，越来越多的网文作者满怀热情地投入重大现实题材的创作中，如非遗传承、中国制造、乡村振兴、科教兴国、"一带一路"等。2023 年网络题材更加鲜明地将中国传统文化融入多元题材和不同的类型中，努力践行中华优秀传统文化的创造性转化和创新性发展，不断探索"第二个结合"的有效途径，其中历史现实和科幻等题材尤为突出，并为传承中华优秀传统文化推进网文出海事业发展、讲好中国故事、传播好中国声音、构建中国话语和中国叙事体系作出了重要的贡献。与网络文学创作同样蓬勃发展的是围绕网络文学而展开的学术研究。网络文学作为文学研究与媒介研究相结合的前沿交叉领域，面对计算机、人工智能、虚拟现实等技术和互联网媒介在日常生活中的逐渐累积，文化和科技融合发展已成为新的趋势。对网络文学进行深入全面的研究讨论，不仅有助于把握时代脉搏，更能进一步把握文学研究的新方向，推动我国文学文化事业的繁荣发展。

2019 年以来，中国社会科学院文学研究所向社会发布《中国网络文学发展研究报告》，至今已经是第五个年头。五年来报告以学术性、权威性以及总揽全局的视野和独到的学理分析，成为社会各界了解网络文学发展概况、分析研判行业趋势的重要参考。今天我们结集出版《中国网络文学发展研究年度报告（2019—2023）》，既延续了历年来对作家作品 IP 开发、版权保护、海外传播等问题的关注，也对每一年的新热点进行了及时而全面的分析；既总结回顾了过去五年网络文学创作取得的新成绩和面临的新问题，也提出了一系列具有前瞻性、针对性的意见和建议，对于我们深入了解网络文学行业的发展现状，探索和抓住历史机遇，以及应对各种挑战具有相当重要的参考价值，能够进一步加深社会各界对网络文学的认识与理解，推动网络文学行业更加健康可持续发展。这正是我们五年来坚持发布研究报告、举办研讨会的意义所在，也是这本五年报告合集的重要意义所在。

新时代新征程，希望广大文艺工作者深入学习贯彻习近平文化思想，着力赓续中华文脉，关注和推动新大众文艺的繁荣发展，推动中华优秀传统文化创造性转化和创新性发展，携手共进为我国网络文学的明天贡献智慧和力量，共同担负起新的文化使命，努力创造属于我们这个时代新的文化样本。

2019年度网络文学发展报告

开　篇

　　历史的长河带走了时间的碎片，留下的却是永恒的记忆。回顾2019年网络文学，收获与经验并存，欣喜与缺憾同在。"千淘万漉虽辛苦，吹尽狂沙始到金。"本报告以网络文学领军企业阅文集团数据为蓝本，聚焦网络文学年度变化、总结网络文学年度发展、研判网络文学年度趋势。对内容创新、作家迭代、粉丝社群、IP联动及网文出海几方面进行梳理，试图勾勒网络文学的年度画像。因数据支撑不够充分，未及涵盖行业其他优秀企业年度成果，管中窥豹，举例有限，故概括难以完整详尽，难免有以偏概全之嫌，缺漏之处显见，但力求真实客观，不事雕琢粉饰，描摹网络文学原本的模样、一年四季的成长。这份报告，为广大网络文学从业者、众多网络文学爱好者和研究者呈上一张年度样本答卷，谨供参考。无论世界怎样变，阅读都是最好的陪伴。时光留下的痕迹，就在网络文学里。

第一章　内容创新多元发展

静水流深，大浪淘沙。2019 年是中国网络文学稳健发展的一年。历经长期探索、沉淀和磨合后，业界力量逐渐找准行业定位。政策引导、媒介迭代和平台孵化等变化，为内容创造构建起新的机制，合力促成以内容为核心的网络文学整体性变化，使网络文学行业发展路径更加清晰。据中国互联网络信息中心发布的第 44 次《中国互联网络发展状况统计报告》，网络文学用户数量已达 4.55 亿，网民使用率达到 53.2%，半年增长率达到 5.2%。此外，中国音像与数字出版协会发布的《2018 中国网络文学发展报告》显示，国内网络文学创作者已达 1755 万人。体量巨大的读者群体和创作群体围绕核心内容，造就了庞大的市场容量和发展潜力。

第一节　行业生态格局良性变化

2019 年度行业发展呈现出四个明显特征。

一是国家政策的规范性要求效果凸显，对网络文学的引导作用加强。营造清朗的网络空间，网络文学界责无旁贷。国家相关部门持续加大对网络文学的监管力度，促使平台方严格把关，一方面防止问题作品上线，另一方面发现问题作品立即下架。同时基于各网络文学平台自身的努力，网络文学内容品质进一步提升，向精品化、经典化开拓迈进。

二是主流价值导向作用日益增强，网络文学现实题材作品渐成潮流。加强现实题材创作是近年来国家和社会对网络文学的呼吁。经过近几年的调整和引导，现实题材作品影响力不断提升。如阅文集团开展的第三届网络文学现实题材征文大赛，10200位作者参赛，创作现实题材作品累计达11800部，相比上一届征文大赛，参赛作者数量增长了32.5%，参赛作品数量增长了31%。现实题材网络文学的影响力可见一斑。

三是网络文学生态呈现良好格局。通过政策调整和行业自律，网络文学行业进一步促进产业升级，网络文学内容格局进一步优化，出现螺旋式上升的良性发展态势。政策指导下网站加强机制建设，理顺产业与文学和社会的关系，同时，拓展产业领域，延伸产业链条，在内容优化、IP开发、产业转移和融合等方面加大力度，最大化提升网络文学的社会价值和经济效益。

四是网络文学与社会生活的关系更加密切。弘扬传统文化、向世界讲好中国故事成为网络文学的使命责任。"网文出海"作为中国文化"走出去"的重要组成部分，在世界文明交流互鉴中发挥着越来越重要的作用；网络文学作为跨文化传播的重要文化形态，在构建人类命运共同体和"一带一路"建设中发挥着越来越重要的作用；网络文学作品作为综合IP，改编而成影视剧、游戏、动漫等持续引发热议，备受国际社会关注；IP收购和开发尽管趋于理性，但整体热度未减，部分优秀IP的受众关注度持续走高。

第二节 多元化专业化发展提升

经历治理和调整之后，网络文学没有固守套路，而是不断拓展新路径，寻找新增长点。内容生产、运营机制、行业拓展等方面的多元化和创作、平台等方面的专业化，成为网络文学年度突出特点。

在内容创新方面，网络文学的题材类型更加丰富，内容"多元化"表现显著，已经形成都市、历史、游戏等二十余个大类型，二百余种小分类，还新增了大量的二次元、体育、科幻题材类型作品，加之现实类作品整体崛起，网络文学题材类型丰富多样，体现行业创新活力。不同类型的叙事规范与读者之间的契约更加稳固，历史、言情、穿越等成熟类型作品，通过不同的背景、人设和故事满足读者期待。此外，作品品类去中心化趋势明显，传统网文逆天改命的愤怒感逐渐转变为温馨幽默、轻松吐槽的风格，Z世代创作特征越发显著，创作者在语言、细节等叙事方面日臻成熟，内容粗放式时代宣告结束，精品化成为主流诉求，网络文学专业化程度进一步提升。

另外，内容"破圈化"现象也渐趋显著。在阅文各平台作品中，有更多的女性读者成为男频作品的粉丝，昭示了网络文学新的走向和关注点。在内容消费端，IP粉丝时代正式到来，"粉丝化"成为网文发展新的增长推动力。网络文学社交共读、粉丝社群、粉丝共创的粉丝化特征愈加明显，据阅文集团调研，"文字弹幕"功能让读者能够进行社交评论，与沉默用户相比，段评用户的付费率提高了10个百分点；"兴趣社交"功能形成了书友圈、角色圈等丰富的用户社区，阅文已经拥有平台级兴趣圈361

个。"角色"功能让粉丝读者有机会直接参与到作品的创作和完善当中。通过"粉丝化"运营，IP凝聚力加强，影响力传导至全产业链，不论在阅读阶段还是在后续改编中将发挥重要作用。

IP粉丝化将在网络文学由阅读场景向影视场景延伸的过程中持续产生影响，可以预见"尊重原著内核"与"粉丝认同式"的改编作品，在IP开发过程中更强调整个体系的联动，以精品内容为出发点联动原著、制作方、播出平台进行整体规划，确保品质。

在运营机制方面，技术创新和业界融合为多元化发展创造契机。阅文集团"智慧中台"外化智能推荐和智能搜索两大系统，从"人找信息"的移动搜索时代成功跨越到"信息找人"的内容智能分发时代，有效提高了用户对网络文学内容的接受力和理解力。在政府搭建的平台上，网络文学行业集体亮相、公开发声。如第二届中国网络文学周举办的网络文学博览会，相关传媒企业、出版、文创等机构各自推出主打项目和作品；第三届中国"网络文学+"大会也汇聚了众多文化企业、优秀作品和业界代表；第五届中国网络文学论坛上，在交流各级管理部门工作经验的同时，行业充分参与了关于网络文学发展的讨论。

在行业拓展方面，网络文学与线下出版合作共赢。2019上海书展暨"书香中国"上海周活动中，全国500多家出版社、16万余种精品图书参展，作为中国引领行业的正版数字阅读平台和文学IP培育平台，阅文集团主办了名为"壮丽七十年　迈向新征程——献礼新中国成立70周年"的2019网络文学会客厅活动，成为书展期间频受关注的主题活动，同时，充分利用线上优势，在书展期间选出70本现实题材优秀作品，表达人民心声、描绘时代画像，汇集成网络联合荐书专区页面，在QQ阅读和起点中文网发布主题荐书专区，以限时免费的方式提供给读者，实现了线

上线下全方位联动的推广效应。

第三节 媒介更新迭代带来变革趋势

网络文学的发展始终与互联网和终端技术进步相携而行。移动互联网的普及促成网络文学形成"井喷"势头之后，网络终端应用技术的更新迭代为用户提供了新的阅读体验，5G商用给网络文学变革带来新的机遇。

微信公众号、小程序使网络文学阅读在手机网民中得到普及。如果说，之前文学网站App在终端的推出使网络文学实质性迈入移动时代，那么在微信作为当前最主要的社交平台的情况下，文学网站以公众号和小程序的形式提供阅读功能和资源，则使网络文学传播实现无差别和全天候，同时，一些网站更新程序功能，使更帖、阅读、跟帖、社交通道更加快捷便利，网络文学的交互性进一步增强，为用户提供了深度的沉浸式体验。

伴随5G商用，网络文学迎来新的变革，粉丝化特征只是前奏。在高传输速度下，网络文学的容量将大幅增加，基于文本周边的音频、视频和图像等将成为文本的有机组成，组件的运用将会成为普遍现象，网络文学的文本面貌将会发生较大变化。这些也促使网络文学必须紧守内容核心，为读者提供既好看又感人的故事。

第二章　现实题材创作成为主流风向标

网络文学与生俱来带有时代的文化基因。改革开放的时代培育了网络文学，网络文学与时代密不可分。网络文学的民间性逐步与主流相融合，并向精品化、经典化迈进。进入 21 世纪以来，党和国家明确要求：加强互联网内容建设，加强现实题材创作，不断推出讴歌党、讴歌祖国、讴歌人民、讴歌英雄的精品力作。在此前提下，反映时代精神的现实题材创作成为中国网络文学主流化的风向标。

第一节　现实题材效应持续扩展

网络文学发展初期，大量非现实题材作品取得了巨大成绩。这是有目共睹的事实。随着行业发展逐步深化，题材多样化成为网络文学内容发展的必然趋势。热门作品中除玄幻、言情等传统题材外，现实题材、二次元等细分题材越来越受欢迎。反映时代风貌是网络文学创作的本体属性之一，当代读者更爱当代表达，贴近社会热点、国民兴趣的接地气、有温度、正能量的作品更易引发读者共鸣。归根结底，社会生活是文学创作的重要源泉。文学作品中所有的幻想不会也不可能与现实生活毫无关联。即便是幻想文学,就内容而言,也都不可能与现实生活毫无关系。某些现实生活中难以满足的情感需求,可以通过幻想小说获得心理补偿。而现实题材是从现实生活出发,按照现实逻辑进行创作。营造环境的同时让人直面生活,使感情需求得以满足,所以难度相对更大。

行业领军企业阅文集团始终倡导多元化题材发展,并在现实题材创作领域遥遥领先,为推动现实题材创作多出精品力作,付出了巨大努力,在舆论宣传、队伍建设、人才培养、平台设置等诸方面做出改革与调整。其中连续数年的网络文学现实题材大赛,推进现实题材创作成果显著,影响深远,为网络文学可持续健康发展作出了重要贡献。2019年10月,在国家新闻出版署和中国作家协会联合举办的"年度优秀网络文学原创作品推介活动"中,以庆祝中华人民共和国成立70周年为主题,共有25部作品获得推介,阅文集团旗下的《大国重工》《朝阳警事》《燕云台》《魔力工业时代》《地球纪元》《星域四万年》等作品成功入选,其中《大国重工》《朝阳警事》就是优秀的现实题材作品。

近年来,许多优秀现实题材作品,如《上海繁华》《中国铁路人》《规培医生》《戏法罗》《向前一步》《他从暖风来》《远方的秘密》《高铁群侠传》《后手》《逆流纯真年代》《彩虹在转角》《鳏寡》《撑腰》《草原上的红飘带》等,社会影响力持续扩大。不少作品不仅因获奖而极大地激发了在线读者的阅读热情,而且在线下实体出版与IP改编等多个领域也获得更多发展空间。

2019年,提升现实题材创作水准,培养和挖掘更多优秀现实题材作家作品,成为阅文集团的重要发力点。此外,通过作家培训、文学宣讲等一系列活动,坚持社会效益优先,进一步提高网络文学内容质量,坚持守住内容底线,坚决抵制违法、违规、低俗内容,领先共建更加清朗的网络空间。

第二节 现实题材创作"整体性崛起"

这一年,网络文学行业大力倡导现实题材创作,发掘和培养出一大批"有梦想、有情怀、有故事"的网络作家,鼓励他们把握时代脉搏,承担时代使命,聆听时代声音,回答时代课题。阅文集团以现实题材创作为突破口,倡导作家走出方寸天地,阅尽大千世界,歌唱中华人民共和国成立70周年波澜壮阔的风雨征程,描绘中国人民追求幸福生活的诗意画卷,创作出一大批"有思想、有深度、有温度"的作品,为网络文学发展史留下浓墨重彩的一笔。

随着现实题材创作受到网站和作者的普遍重视,作品数量获得迅速增长,社会影响持续增强。阅文集团各主要网站增设了"现实"类型,而且通过IP运营,着力打造现实题材创作精品,尤其在"女性向"言情小说创作领域,现实题材得到较好推广,成效显著。

良好的市场表现进一步促进了现实题材创作。现实题材影视作品表现出色,极大鼓舞了现实题材网络小说的创作。创作领域不断拓宽,作品数量显著增长。40年改革开放的伟大进程是现实题材小说的表现重点。书写改革开放进程的作品或从大处着眼展开宏大叙事,或从小处着笔描写小人物的不懈奋斗。报告中列举的作品,大多出自阅文旗下的网络作家之手。如《写给鼹鼠先生的情书》,融入现实主义要素,展现了女频作品不等于言情小说的发展新趋势,也进一步拓宽了女性向题材的边界。集400多万

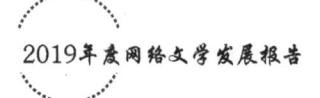

名女频作家、500余万部女频作品的红袖读书，已经成为女性读者心目中的精品阅读平台。

在现实题材创作呈现出"整体性崛起"趋势的背景下，以阅文集团为代表的网络文学企业，高瞻远瞩、顺势而为，多家平台坚持做大内容资源体量、完善作者培养机制，在优质资源储备上保持领先优势，在用户和内容两大环节上，进一步提升用户阅读体验，致力于为用户提供更多、更优质的内容。

第三节 现实题材作品凸显创作理念

网络文学中的优秀现实题材作品，因与生活贴近，对读者而言，更具精神震撼力。2019年，网络文学和现实题材的融合进一步加强，提升了网络文学在当代文化格局中的地位与影响力。在此背景下，网络文学行业切实调动各种积极因素，大力倡导作家关注现实生活，书写火热时代。更多的作者和文学网站关注现实题材，并努力探索现实题材作品的审美属性，凸显现实题材作品的创作理念。

在众多现实题材作品中，不少优秀作品受到广大读者和批评家的高度关注。如大地风车的《上海繁华》，媒体高度评价为2019年度具有标志意义的长篇力作。这部带有自传色彩的小说，以曲折生动的个人奋斗历程为主线，以一个外地青年的视角，见证了上海十年经济腾飞与生活巨变。值得称道的是，小说情节推进自然，细节真实，节奏把控严谨，通过小人物日常生活的酸甜苦辣，反衬大时代社会变革的兴衰成败，具体而微地展现了大国发展与大国情怀。另外如《中国铁路人》《规培医生》《戏法罗》等现实题材的优秀作品，都较好地体现了以人民为中心的创作理念。虽然作者的阅历不尽相同，但以人民为中心的创作理念和为美好生活而奋斗的时代精神，使这些描绘时代风云的现实题材小说，拥有了这个奋进的时代所特有的品位与格调、精神与风骨。

值得一提的是，阅文集团连续几年以网络文学赛事为发力点，一些以写实见长的行家里手也开始深耕现实，不断探索与挖掘自身及生活的可能性。在现实题材逐渐成为网络文学主流风向标的语境下，2019年阅文旗下的各大平台推出的作品，文学主题更加丰富多样，创作风格更加多姿多彩。从回顾时代缩影、鉴赏品质精神，到聚焦改革开放40年、庆祝中华人民共和国成立70周年等重大历史现实题材，都有可圈可点的表现。上万名网络作家，无论老将还是新兵，坚持贴近生活，透过文字的力量见证当代中国的成长与变化。网络文学作品丰富了网络文艺形式，对相关产业协同发展作出了进一步的贡献。

中国网络文学发展进入新时代，作品数量一直在飞速刷新，现实题材作品相对匮乏的现象得到显著改观。但是，网络文学现实题材创作如何凸显创作理念、构建自身的审美属性，创作出叫得响、传得开的精品力作，如何正确认识和把握网络文学的本体特征，建构彰显新时代文学价值和时代特征的网络文学评价体系，依然还需要作家、读者、批评家和网络平台等诸多方面的共同努力。

第三章　网络作家迭代效应

第一节　谁在写
——中生代作家崛起

2019年，网络文学整体稳健升级，新人作家不断孵化，口碑作家持续涌现。值得关注的是，越来越多的"90后""95后"新锐作家在写作平台上脱颖而出，为网络文学的"逆龄发展"提供驱动力。年轻作家与年轻读者群体在年龄层和价值观上的契合，使他们更懂"圈粉"和"埋梗"，在维持粉丝黏性和个人热度上也更有优势。

从速途研究院发布的"2019原创文学白金作家及大神作家"最新名单看，400多位"白金作家"和"大神作家"青春正好，中生代作家领航崛起，新生力量快速上升。

凭借优质的创作实力、扎实的粉丝基础、超强的开拓能力以及广阔的IP衍生前景，众多中生代作家以领航者的姿态崛起，冲刺头部作家行列。其中，男频作家爱潜水的乌贼凭借王牌作品《诡秘之主》从2018年的第25位跃居2019年榜首；晋升"白金"的囧囧有妖,以《恰似寒光遇骄阳》和《许你万丈光芒好》点亮女频,仅这两本书的总订阅量就超过 5 亿;稳居榜单前十的会说话的肘子、10 年厚积薄发以作品《牧神记》刷屏各大榜单的宅猪、入选"2019 福布斯中国 30 位 30 岁以下精英榜"的乱、以史诗型玄幻见长的净无痕等均是中生代作家崛起的代表。

为了给更多新人作者机会,铺就更宽敞的"成神之路",阅文集团于 2016 年开始,每年发布网络文学榜样作家名单"十二天王",上榜作家均为网络文学年度各门类表现最为出色、崛起速度最快、潜力最大的新人。2019 年新晋的有:我会修空调、老鹰吃小鸡、七月新番等,"十二天王"的"成神率"已近五成,是标准的"大神"预备营。2019 年的白金作家横扫天涯,曾以"玄幻畅销新王者"之名崭露头角,其《天道图书馆》在起点国际甫一上线便长期占据海外点击、推荐榜双榜第一。这本书不仅让他成为"网文出海"代表作家,更是让他实现"两级跳"——2018 年成为大神、2019 年成为白金。与横扫天涯同期晋升为"十二天王"的另一位"新神"——会说话的肘子,以《大王饶命》创下首部月票总数和原生书评超百万的纪录,也创下网文"圈粉"的历史纪录。

2019 中国网络文学男作家影响力 TOP50

排序	作者名	书名	网站	所属
1	爱潜水的乌贼	《诡秘之主》	起点中文网	阅文集团
2	唐家三少	《斗罗大陆》	起点中文网	阅文集团
3	辰东	《圣墟》	起点中文网	阅文集团
4	猫腻	《大道朝天》	QQ 阅读	阅文集团
5	我吃西红柿	《沧元图》	起点中文网	阅文集团
6	会说话的肘子	《第一序列》	起点中文网	阅文集团

续表

排序	作者名	书名	网站	所属
7	宅猪	《牧神记》	起点中文网	阅文集团
8	老鹰吃小鸡	《全球高武》	起点中文网	阅文集团
9	孑与2	《明天下》	起点中文网	阅文集团
10	忘语	《凡人修仙之仙界篇》	起点中文网	阅文集团
11	天蚕土豆	《元尊》	起点中文网	阅文集团
12	圣骑士的传说	《修真聊天群》	起点中文网	阅文集团
13	净无痕	《伏天氏》	QQ阅读	阅文集团
14	蝴蝶蓝	《全职高手》	起点中文网	阅文集团
15	志鸟村	《大医凌然》	起点中文网	阅文集团
16	耳根	《三寸人间》	起点中文网	阅文集团
17	血红	《开天录》	起点中文网	阅文集团
18	鹅是老五	《天下第九》	起点中文网	阅文集团
19	乱	《全职法师》	QQ阅读	阅文集团
20	烽火戏诸侯	《剑来》	纵横中文网	纵横文学
21	横扫天涯	《天道图书馆》	起点中文网	阅文集团
22	愤怒的香蕉	《赘婿》	起点中文网	阅文集团
23	鱼人二代	《重生似水青春》	起点中文网	阅文集团
24	沉默的糕点	《史上最强赘婿》	起点中文网	阅文集团
25	我会修空调	《我有一座冒险屋》	起点中文网	阅文集团
26	打眼	《仙宫》	QQ阅读	阅文集团
27	骷髅精灵	《英雄联盟：我的时代》	起点中文网	阅文集团
28	跃千愁	《前任无双》	起点中文网	阅文集团
29	莫默	《武炼巅峰》	起点中文网	阅文集团
30	晨星LL	《学霸的黑科技系统》	起点中文网	阅文集团
31	寻青藤	《谍影风云》	起点中文网	阅文集团
32	人间武库	《穹顶之上》	起点中文网	阅文集团
33	齐佩甲	《超神机械师》	起点中文网	阅文集团
34	远瞳	《黎明之剑》	起点中文网	阅文集团
35	丛林狼	《狙击荣耀》	QQ阅读	阅文集团
36	育	《九星毒奶》	起点中文网	阅文集团
37	纯洁滴小龙	《魔临》	起点中文网	阅文集团

续表

排序	作者名	书名	网站	所属
38	二目	《放开那个女巫》	起点中文网	阅文集团
39	烟雨江南	《天阿降临》	起点中文网	阅文集团
40	七月新番	《汉阙》	起点中文网	阅文集团
41	柳下挥	《猎赝》	起点中文网	阅文集团
42	齐橙	《大国重工》	起点中文网	阅文集团
43	花都大少	《极品全能高手》	QQ阅读	阅文集团
44	月关	《逍遥游》	掌阅小说网	掌阅
45	迪巴拉爵士	《北宋大丈夫》	起点中文网	阅文集团
46	那一只蚊子	《轮回乐园》	起点中文网	阅文集团
47	卓牧闲	《朝阳警事》	起点中文网	阅文集团
48	真熊初墨	《手术直播间》	起点中文网	阅文集团
49	榴弹怕水	《覆汉》	起点中文网	阅文集团
50	飞天鱼	《天帝传》	QQ阅读	阅文集团

2019中国网络文学女作家影响力TOP50

排序	作者名	书名	网站	所属
1	丁墨	《待我有罪时》	云起书院	阅文集团
2	天下归元	《山河盛宴》	潇湘书院	阅文集团
3	囧囧有妖	《余生有你，甜又暖》	云起书院	阅文集团
4	叶非夜	《我的房分你一半》	云起书院	阅文集团
5	墨宝非宝	《蜜汁炖鱿鱼》（《亲爱的，热爱的》原著）	晋江文学网	晋江
6	苏小暖	《神医凰后》	云起书院	阅文集团
7	吱吱	《花娇》	起点女生网	阅文集团
8	Priest	《有匪》	晋江文学网	晋江
9	吉祥夜	《写给鼹鼠先生的情书》	红袖添香	阅文集团
10	随侯珠	《送你一个黎明》	云起书院	阅文集团
11	莫言殇	《白发皇妃》	潇湘书院	阅文集团
12	一路烦花	《夫人你马甲又掉了》	潇湘书院	阅文集团
13	蒋胜男	《燕云台》	浙江文艺出版社	浙江文艺出版社

续表

排序	作者名	书名	网站	所属
14	夜北	《凤鸾九霄》	云起书院	阅文集团
15	冬天的柳叶	《掌欢》	起点女生网	阅文集团
16	安知晓	《我和黑粉结婚了》	小说阅读	阅文集团
17	西子情	《花颜策》	潇湘书院	阅文集团
18	萧七爷	《废柴夫人又王炸了》	云起书院	阅文集团
19	MS芙子	《天命凰谋》	云起书院	阅文集团
20	凤凰	《药门仙医》	云起书院	阅文集团
21	锦凰	《你好，King先生》	云起书院	阅文集团
22	淮上	《破云》	晋江文学网	晋江
23	姒锦	《乔先生的黑月光》	潇湘书院	阅文集团
24	绛美人	《嫁入豪门77天后》	云起书院	阅文集团
25	十月初	《炮灰她嫁了豪门大佬》	云起书院	阅文集团
26	恍若晨曦	《韩先生情谋已久》	红袖添香	阅文集团
27	意千重	《画春光》	云起书院	阅文集团
28	凤轻	《凤策长安》	潇湘书院	阅文集团
29	云霓	《齐欢》	起点女生网	阅文集团
30	莞尔wr	《前方高能》	起点女生网	阅文集团
31	公子衍	《穿书后她成了万人迷》	云起书院	阅文集团
32	紫伊281	《病娇反派今天也很乖》	云起书院	阅文集团
33	战七少	《电竞大神暗恋我》	云起书院	阅文集团
34	闲听落花	《暖君》	起点女生网	阅文集团
35	橙子澄澄	《农女福妃别太甜》	红袖添香	阅文集团
36	猪宝宝萌萌哒	《下下签》	云起书院	阅文集团
37	漫漫何其多	《FOG［电竞］》	晋江文学网	晋江
38	百香蜜	《我家影后甜甜的》	云起书院	阅文集团
39	浮屠妖	《你是我戒不掉的甜》	云起书院	阅文集团
40	十四郎	《琉璃美人煞》	起点女生网	阅文集团
41	夏染雪	《贵女重生：侯府下堂妻》	云起书院	阅文集团
42	葉雪	《我喜欢的你都有》	红袖添香	阅文集团
43	天衣有风	《淑女飘飘拳》	起点女生网	阅文集团
44	梵缺	《天子谋婚》	云起书院	阅文集团

第三章 网络作家迭代效应

续表

排序	作者名	书名	网站	所属
45	米西亚	《谁在时光里倾听你》	红袖添香	阅文集团
46	寻找失落的爱情	《六宫凤华》	起点女生网	阅文集团
47	连玦	《狂医废材妃》	潇湘书院	阅文集团
48	穆丹枫	《佛系少女不修仙》	云起书院	阅文集团
49	风流书呆	《灵媒》	晋江文学网	晋江
50	微扬	《一见你我就想结婚》	云起书院	阅文集团

资料来源：速途研究院"2019原创文学白金作家及大神作家"榜单。

网络作者年轻化的趋势，从《中国网络文学蓝皮书（2018）》发布的数据中，能够得到有力的例证。在2018—2019年度阅文集团签约作家中，"85后""90后""95后"占主体，为74.48%，其中"90后"占比最大，为29.9%。尽管"00后"作家的数量占比相对较少，但增长幅度最大，同比去年增长113.04%，其次是"95后"，同比增长40.26%。在2018—2019年度实名认证的新申请作者中，"95后"占74%，"90后"占13%。数据可见，"00后"的作者数量增长迅速。我们看到越来越多的年轻人愿意加入写作行列，呈现出可喜的趋势。网络时代的"文学少年"正在崛起，成为未来的文学创作的人才资源。

截至2019年10月，阅文集团签约原创作家中，男性与女性的占比分别为51%、49%，呈现出均衡态势。从网络作家地域分布上看，签约作家数量也较为均衡，四川、江苏、山东、河南、广东五省位列作者数量前五名，宁夏、青海、西藏等相对偏远的地区也有占比不高但数量不少的网络作者。网络文学的创作队伍，不仅来自一二线大城市，也有来自祖国最东、最南、最西、最北的省份，形成了蔚为壮观的创作辐射区。不同地域的作者，带有明显的地域文化特征，例如东北方言梗，丰富了创作内容，为作品赋予了鲜明的个性特征。同时，作者中高知比例有所上升，例如医生、科学家等并不鲜见。

第二节　内容为王
——人性化与社会化思考

网络文学写什么，在作者、粉丝、评论家的互相影响又相互制衡的过程中，不断发展变化。网络文学发展到今天，内容为王已经成为不争的事实，网络文学必须走精品化道路也成为业界共识。在政府倡导、网站规制以及作者自律的共同作用下，作品内容的主流化倾向明显。网络作者越来越清醒地意识到，不能仅仅关注市场利益，越来越多的作者在价值导向、人物塑造、情节设计上都呈现出积极向上的一面，文化自觉与文化自信进一步增强。

作者写什么，与其成长的社会背景以及当下的社会文化不无关系。在"90后""00后"的成长背景中，他们经历更多、见识更广，也更包容。他们一边说"佛系"，一边又积极愉悦生活、全力以赴做事。他们的作品中呈现出关注日常、更接地气的整体风格，个体写作者与社会环境的关联度越发紧密。

《手术直播间》的作者真熊初墨，在现实生活中是一位医生。他凭借多年积累的专业知识与经验，以幽默的话语表达方式，塑造了一位医术和医德皆高的男主角。这样的医生，值得每一个人尊敬。也正是凭借作者自身的知识储备，小说没有因为大量的专业名词扑街或是产生阅读障碍，反而以其流畅自然的日常风成为爆款网文。海底漫步者的《绝对一番》，是关于日本都市生活的故事，虽然是海外题材，但仍凭借日常文风格，成为赢得大众关注的惊艳之作。巫马行的《我真没想出名啊》是一部引领娱乐题材"幕后"风潮的作品，也成为本年度都市娱乐题材中的黑马。

此外，《长城守卫者》《新养老时代》《匠心》等作品，也都从不同角度聚焦社会生活，是值得关注的年度好内容作品。无论是爆红还是黑马，他们的成功都基于作品中对人性化与社会化的深度思考与充分展现，也是基于粉丝对作品优质内容的接受和肯定。

第三节　谁是赢家
——新生力量快速上升

时代的快速发展，使网文类型和内容更新迭代速度不断加快，类型多元化以及边界不断扩展，作品更倾向关注时代、关注社会、关注民生。内容精品化和题材多样化趋势日渐明显，呈现出网文未来发展的方向，与此同时，新生力量快速上升，"成神通道"日益完善。

创新、创意改变的不仅是网文类型和内容，也正在改变作者、粉丝以及他们之间的关系。如阅文集团的作家培育制度以及作家"明星化"战略、线上与线下的互动交流，让作者与读者、作品角色与粉丝之间不再只是虚拟的存在，粉丝的参与和介入程度更高，作者对市场和用户的喜好了解更精准。作者通过创新写作方式、增减内容元素等方法，创作更受读者欢迎的作品。在涌现出的创意写作新潮中，具有一定的科学逻辑和常识，以及富有创意的内容，是网文制胜的不二法宝。

2019年，阅文"大神们"屡创美谈。由于"成神通道"的完善，"一书封神"竟也成为网文作家的常态。十年前，一位网文作家要积累大神般的知名度，至少需要四五年时间。近几年，凭借一本书登顶的作家越来越常见。2019年新晋大神中，我会修空调于2018年6月在起点开始连载《我有一座冒险屋》，从开始连载到引爆网文圈，仅用了半年时间，狂揽100万粉丝，仅起点读书平台就有1.2亿读者点击，数十万读者评论。"90后"作家老鹰吃小鸡凭借他的第二部作品《全球高武》，迅速成为"百日霸榜畅销王者"，该书上架后连续100天占据起点销售榜第一的位置，上架第三个月就冲入中国原创文学风云榜月票榜总榜前十，并长期保持在TOP3，超越众多新老"大神"。

青衫取醉的《亏成首富从游戏开始》，是一部引领游戏小说新风潮的反套路作品，上架24小时打破起点游戏品类首订纪录，上架当月冲上游戏品类月票榜第二，游戏品类畅销榜前三，用戏剧性的反转效果横扫各大新书榜单。机器人瓦力的《瘟疫医生》，开创了现代医学对抗神秘力量的网文新视角，成为2019年悬疑类型的创新之作。

女频作家吉祥夜在谈到她的转变时说，创作题材和素材正在慢慢落地，越来越反映现实。她希望读者能看到更多温暖向上的东西，更想传递正能量、积极情绪给他们。而粉丝会因为热爱和喜欢，走上书中人物走过的路。有粉丝说，网文对生活最大的改变，是逐渐无法放弃文学，甚至开始考虑大学读中文系。

网络文学的迅速发展，不仅改变了传统的文学生产方式，也改变了文学与人之间的关系。更加大众化、娱乐化的网络阅读深入人心，以至成为年轻人的生活方式。对于作者—作者而言，亦是如此。伴随着新生力量的快速上升，未来已来，赢家已定。

第四章　粉丝用户文化构建

第一节　"网生代"改变网文生态

　　2019 年，网络文学读者群体表现出更为明显的迭代性。4.55 亿网文用户中，1990 年之后出生的用户已超总量的 70%，分别是："90 后" 15.56%、"95 后" 18.49% 和 "00 后" 36.03%。付费用户中，"90 后" 占 19.73%，"95 后" 占 23.87%，"00 后" 占 22.54%。三者之和，超过用户总量的 66%。"网生代" 已成为网络文学接受主体和消费主力。

　　"网生代" 拥有 "世界公民" 的视野，更强调自我超越、关注社会，以及开放与成长的价值观。他们是自我行动派，不给自己设边界，勇于探索不断成长的更多可能。"网生代" 的经历、观念影响他们的阅读偏好。2019 年，"现代言情" 品类稳居各年龄段阅读偏好的 TOP1，但 "00 后" 显然更爱此类。他们中的 29% 喜爱现代言情，超过 "85 后"（19.4%）、"90 后"（18.3%）、"95 后"（18.8%）近 10 个百分点。更明显的差异体现在 "科幻空间" 品类上。阅读用户占比从 "85 后" 的 1.9%、"90 后" 的 2.3%、"95 后" 的 3.9%，一路直升到 "00 后" 的 9.0%，呈现跨越式增幅。

"网生代"对金钱的获得和支配有自己的想法，乐于为"所爱"买单，在自己的领域里获得极大满足感。77%的"00后"容易为有自己熟悉/喜欢元素的产品付费。前文的付费用户数据已经表明，付费意愿和付费习惯在"网生代"中已逐渐养成。尤需注意的是，绝大部分还属于在校生的"00后"的付费意愿和付费习惯已与"95后"基本持平。未来10年，他们将成为网文消费的核心力量，潜力无限。

"网生代"正能量追星、感受二次元美好，用影音娱乐、阅读等方式构筑起他们独特的小世界，并在这个小世界里发现更好的自己。48%的"00后"表示自己有喜欢的虚拟形象（文学、动漫、游戏等二次元领域的角色/IP），17.2%的"00后"将虚拟形象当成自己的偶像。陪伴"网生代"成长的《全职高手》是2019年代言数最多的虚拟偶像。虚拟偶像身上的一些特质，促使粉丝成为更好的自己，为他们"打call"的同时，也是自我成长与实现自己人生价值的过程。

"网生代"是"互联网原住民"，习惯网络社交与网络表达。顺应这一特点，网络文学平台积极开发阅读平台社交功能，推进粉丝社区建设。今年，起点平台社区型用户日活留存率达95%。年中时，弹幕功能的"本章说"（段评/章评）打开量占比超60%。平台社区"起点圈子"仅浏览量已超3.3亿。

总之，在"网生代"的推动下，网络文学生态超越单一数字出版维度，已形成集社交共读、社群建设、粉丝共创的IP粉丝文化生态体系。"深耕内容、打造精品、共创IP"，构建读者、作者、平台互相成就的网文生态成必然趋势。

第二节　粉丝用户互动

2019年，网文用户粉丝化程度更加明显。粉丝数量过100万的作品已达27部，排名第一的《圣墟》的粉丝数更是突破1000万。

网文读者的阅读量非常可观。起点用户中，2019年，人均阅读时长最高的青海省，人均年阅读量相当于读17遍《战争与和平》。一年下来，起点用户累计阅读11403383019558字，按26号字体逐一排列，足够从地球到太阳走个来回。

打赏、投票、"段评/章评"是时下书友的标配。人气越高的作品，获得粉丝的打赏、投票就越多。2019年的《诡秘之主》，集万千书友宠爱于一身，年度被打赏次数最多的是它，被给予大额打赏次数最多的也是它，以1173109票获得年度月票冠军的还是它。该书在起点中文网上打破了多项阅读纪录，在2018年10个月的时间内累计7次登顶原创风云榜。仅起点中文网上就有超过200万条评论，是迄今为止评论数最多的男频作品。除了起点中文网，该书的全网热度不减。微博"诡秘之主"超话阅读量近千万，在B站上有众多粉丝创作的同人曲、手书、互动视频及其他优秀同人作品，播放量最高达几十万，LOFTER上该书相关话题阅读量也有近500万。

2019阅文原创文学风云盛典超级荣誉名单

奖项	作品	作者
超级游戏改编价值作品	《第一序列》	会说话的肘子
	《崩坏星河》	国王陛下
	《天下第九》	鹅是老五
	《黎明之剑》	远瞳
	《超神机械师》	齐佩甲

续表

奖项	作品	作者
超级影视改编价值男频作品	《大医凌然》	志鸟村
	《我的1979》	争斤论两花花帽
	《罪无可赦》	形骸
	《生活系游戏》	吨吨吨吨吨
	《商踪谍影》	虾写
超级影视改编价值女频作品	《花娇》	吱吱
	《帝凰》	天下归元
	《重生之药香》	希行
	《似锦》	冬天的柳叶
	《乔先生的黑月光》	姒锦
现实主义改编价值作品	《他从暖风来》	舞清影
	《生活挺甜》	徐婠
	《投行之路》	离月上雪
	《凶案调查》	莫伊莱
	《职场新生》	艾左迦
原创文学风云榜男生频道	《诡秘之主》	爱潜水的乌贼
	《全球高武》	老鹰吃小鸡
	《谍影风云》	寻青藤
	《伏天氏》	净无痕
	《大医凌然》	志鸟村
	《手术直播间》	真熊初墨
	《星临》	育
	《修真聊天群》	圣骑士的传说
	《我要当学霸》	晨星LL
	《第一序列》	会说话的肘子
原创文学风云榜女生频道	《好想住你隔壁》	叶非夜
	《余生有你,甜又暖》	囧囧有妖
	《夫人你马甲又掉了》	一路烦花
	《神医凰后》	苏小暖
	《你好,King先生》	锦凰
	《遇见,傅先生》	无尽相思

续表

奖项	作品	作者
原创文学风云榜女生频道	《你是我戒不掉的甜》	浮屠妖
	《南城待月归》	公子衍
	《这个大佬画风不对》	墨泠
	《倾国策之西方有佳人》	寒武册

资料来源：2019年度中国原创文学风云榜。

书友不只会"壕气"十足地打赏、投票，随着弹幕功能的"段评/章评"实现App与网页全覆盖，发表"段评/章评"成为网文粉丝日常。借助"段评/章评"功能，粉丝吐槽不断、欢乐不止，让每一个人气爆棚的章节，都成为众声喧哗的书友嘉年华。起点书友每天使用"段评/章评"的用户占比超过50%。甚至有读者感叹，读"段评"比读文还精彩！因为书评清奇，能让人看见书友独一无二的有趣的"灵魂"。

以"网生代"为主的书友不仅有付费习惯和表达欲，而且习惯虚拟社区交往。在正版平台社区功能的强大支持下，书友间的网络社交蔚然成风，各式各样的"新部族"形态的"圈子"化社群已然形成。平台社区强化了粉丝与书中角色的互动：2019年平台累计创建角色13万多个，其中《诡秘之主》一书角色多达63个，全年日均书友与角色互动11多万次。平台社区也密切了书友间的联系：2019年，书友圈累计发帖600余万条，书友圈日均浏览用户占比达30%，最大的兴趣圈、书荒圈成员超52万人。社区化产生高忠诚度用户，调查表明，社区用户更乐于发表意见，对内容的品质也有更高的要求。

"段评/章评"的弹幕功能、书友圈的部族氛围，让粉丝用户享受不一样的精彩，同时产生了意外效果：吸引盗版读者转正。抽样20部人气作品发现，盗版读者"路转粉"的总数已逾5人。

正版阅读，正如一些转正读者所言：怎一"爽"字了得。

2019年，在提升用户体验方面，阅文集团放出大招：借助AI"开挂"，开启"智能伴读新时代"。2019年初，阅文集团携手微软AI科技着手最"智能"跨越，开启了活化虚拟角色IP的全新探索。

9月25日，阅文集团与微软进一步合作，开启AI赋能网络文学"IP唤醒计划"。活化对象扩展到阅文集团旗下100部小说原著和主人公IP，赋予四个大类共100个男主人设全新的可交互"生命"。这一合作强化了IP角色与粉丝的双向互动与情感联结，实现了IP角色的个性化定制，通过满足粉丝对于IP角色在原著剧情发展基础上的个性化需求，以角色涵盖范围更广的情感交互为纽带，真正提高了虚拟IP与粉丝之间的双向交互，产生了高强度用户黏性。

第三节 IP文化塑造

任何一个IP，不仅属于它的创造者、生产者，也属于它的粉丝。粉丝具备令人侧目的文化创造力和生产力，特别是当他们形成社群之后。他们的文化再创造使IP不仅保鲜，而且增值，形成巨大的价值蕴藏。这样的例子在网文IP中不胜枚举。

2019年底热播的《庆余年》，早已聚集超百万粉丝，形成一个以内容为核心的读者社区。粉丝自发创作的广播剧、地图疆域、武功排行、人物漫画、同人文等层出不穷，使该书拥有超高人气基础。

《全职高手》作为网络文学史上第一部千盟书，成就了另一款国民IP。据统计，在全国举办的大大小小的漫展中，每5个人中就有一个是《全职高手》的粉丝，LOFTER上关于《全职高手》的tag有60万，微博上《全职高手》超话达6.2万帖，达到目前国内二次元圈的顶级流量。

每年的5月29日，是《全职高手》主角叶修的生日，粉丝会在这一天举行庆祝活动。"0529叶修生日会"曾在微博强势刷屏，阅读数高达5亿，登上微博热搜。同时，粉丝在美国纽约、英国伦敦，以及中国上海、香港、广州、杭州3个国家6个城市点亮代表性建筑为叶修庆生，火爆程度堪比当红明星。

2019年，在新的IP文化创造中，粉丝依然活力无限。一方面，他们利用正版平台的各项功能继续介入作品创作，丰富角色内涵，影响故事发展，完善作品世界观。另一方面，他们发挥创造才能，生产了大量IP周边衍生品。

在起点中文网评选的"年度最佳书友原创作品"中，获得"年度图文专区"一等星荣誉的有热门同人创作21部、新鲜同人创作19部，二等星的有热门同人创作19部、新鲜同人创作18部，三等星的有热门同人创作20部；获得"年度视频专区"的一等星作品3部、二等星作品2部、三等星作品3部。这些作品，有的是漫画，有的是热评，有的是视频剪辑，有的是原创歌曲，充分展现了粉丝对作品的热爱和创作才华。

第五章　IP价值开发联动

　　进入21世纪以来，改革开放与经济全球化的中国趋势、中国动能，持续促进着社会文化消费的大幅增长、泛娱乐生态模式的不断创新、互联网与文娱产业的深度融合，以及IP价值开发联动所带来的全行业的升级增效。2015年前后，优质资本全面进入泛娱乐产业，在"互联网+"和"网络文学+"的基础上，"IP+"成为新的文化产业增长带、增长极，IP一词也成为诞生迄今最有实际意义和行业驱动力的文化产业新概念。其中，以网络文学作为头部资源的IP定义，凸显了网络文学创作、改编与生产的全产业链开发模式的形成及其事实功效，它让故事居于某个中心位置，激发文化内容的经济红利，持续增进全行业的活力，也成为当前潮流性社会文化现象的主要策源。

第一节　发挥资源优势

　　网络文学以强大的内容优势稳居文化产业源头的牢固地位。巨大的存量、显著的增量、不断升级的品质和持续性的价值创新，为下游产业提供着不竭的源流，也确保了网络文学在产业链

第五章

IP价值开发联动

中的核心竞争力。

作为大众情感的文学表达，网络文学以琳琅满目的作品题材类型、数目庞大的作品数量，通过对社会不同侧面的全面呈现和深度切入，回应读者的情感呼求，全方位展现中国当代精神，成为认识中国、理解时代的一把金钥匙。这为影视、动漫、游戏等形式的开发提供了主题和精神内核。例如，作为行业龙头企业的阅文集团，旗下作品累计超过1170万部，签约作者780余万人，覆盖了200余种内容品类。这些作品即是IP储备库。网络作家的头脑智慧和作品中的故事、人物、价值张力，构成了泛娱乐产业和社会文化生活的"调制中心"。在被视为数字阅读行业年度"风向标"的第五届（2019）中国数字阅读大会上，阅文集团牵头，联合纵横文学、中文在线、掌阅、咪咕、网易、阿里等多家网络文学企业，在业界首席专家肖惊鸿的策划下，举办以"追梦人"为主题的网络文学全生态成果展，展示了网络文学二十余年发展历程。现实题材作品《明月度关山》入选"2018年度中国十佳数字阅读作品"；在中宣部指导、中国图书评论学会评选以及中央广播电视台承制的《中国好书》盛典上，阅文集团的女频作品《写给鼹鼠先生的情书》荣膺"2018中国好书"称号，这也是该榜单中首度出现的网络文学作品。网络文学作为有别于"传统文学"的全新的文学形式，正在进入主流视野，并被主流审美所认同。

网络文学的优质内容不仅是头部IP价值的核心所在，也是开启"IP+"时代的动力源泉。得益于创作者的自觉和有效引导机制，在网络文学精品化过程中，一大批优秀作品脱颖而出，网络文学的IP资源优势显著。培育和孵化优质IP成为平台企业明确的发展方向。2019年国家新闻出版总署（现名国家广播电视总局）和中国作家协会联合举办庆祝中华人民共和国成立70周年优秀网络文学原创作品推介活动，《繁花》《大江东去》《致我们终将逝去的青春》《为了你，我愿意热爱整个世界》等25部上榜作品，均成为文娱企业产品开发的重点选题。

第二节　IP多元开发

基于奇思妙想的故事、性格鲜明的人物形象和充满温度的情感表达，众多网络文学作品成为文化产业聚焦的对象，网络文学母本以审美转场的形式，在不同艺术领域绽放异彩，为社会提供了大众喜闻乐见、彰显主流价值的精神食粮，成为繁荣社会主义文化事业的生力军。2019年，网文IP在影漫游多个文娱改编作品中均诞生佳作，成绩不俗。

由腾讯影业、新丽传媒、阅文影业等联合打造的年度重磅IP大剧《庆余年》在腾讯视频、爱奇艺上线首播，引发观剧狂潮。该剧改编自阅文集团起点中文网作家猫腻的同名小说，讲述了一个有着神秘身世的少年，自海边小城初出茅庐，历经家族、江湖、庙堂的种种考验和锤炼的故事。《庆余年》小说自2007年开始在起点中文网连载，至今持续保持历史类收藏榜前五位。剧中既有尊重原著的个性鲜明的人物刻画，又有气势磅礴的跌宕情节，突出了剧集场景下的改编能力和剧情化演绎。目前，该剧豆瓣评分7.9分，腾讯视频播放量突破67亿次，爱奇艺热度最高值8800，在2019年猫眼剧集影响力网络平台综合总排名中位列第一，其在小说阶段的优秀表现延续到了影视环节，受到众多原著粉丝和路人粉丝的追捧。

由阅文影业、万达影视出品，哔哩哔哩、映景文化、猫片、彩色铅笔联合出品的电影《全职高手之巅峰荣耀》改编自蝴蝶蓝网络小说《全职高手》，首映两天票房突破5000万元，并在中加国际电影节上获得最佳动画片奖。《全职高手》自2011年开始在起点中文网上连载，讲述了一群性格能力各异的少男少女，因为共同热爱"荣耀"走到一起，为赢得比赛刻苦练习，不断突破自己，"梦想"和"不放弃梦想"是自始至终的主题。小说于2014年完结，成为网络文学史上第一部千盟书。2017年4月7日，动画版《全职高手》在腾讯及哔哩哔哩两大平台上线，24小时内点击量破亿，豆瓣3.7万人标记看过，评分8.2分，总播放量达15亿；剧版《全职高手》上线24小时破亿。

其他动画影游，《斗破苍穹特别篇2》上线后，豆瓣评分8.6分，阅文动画也提前实现了点击量破百亿的计划；"斗罗大陆"系游戏产品也在口碑和收入上获得了不俗成绩，成为IP游戏代表作；漫画人气方面，《我的守护女友》超过40亿，《幽哉兽世》超过21.5亿。

第三节　IP 价值联动

网络文学中蕴含的多元化审美和主题价值，使网络小说成为超级文本，为IP综合改编预留了空间和商机。在文艺和市场规律的双重作用下，一些优质作品IP价值联动开发，全链条运营，塑造具有强大凝聚力的IP文化，实现了故事价值到IP价值的超值转化。

网络文学是时代的产物。优秀作品的故事架构、人物设定和主题导向既符合、弘扬了主流价值，也迎合了读者情感，更在叙事原理上符合人类普适愿望，由此具备了进入影视、游戏、动漫等全链条开发运营的条件，实现了不同网络文艺形态的同频共振。2019年9月，改编自网络作家萧鼎的经典作品《诛仙》的电影《诛仙Ⅰ》票房突破4亿元，上映连续5个单日斩获当日票房第一，成为中秋档票房冠军。作品的成功得益于书影音联动推动IP开发走向融合的实践。电影《诛仙Ⅰ》是由阅文集团旗下影视制作与发行平台新丽传媒出品，阅文同时拥有原著小说独家电子版权。结合电影热映，阅文集团多个阅读平台通过多种互动进行IP粉丝激活，进一步推高原著小说热度，作品阅读量和收入均出现明显增长。数据显示，QQ阅读《诛仙》小说全平台总收入增长11.7倍，阅读量增长11.7倍；起点读书《诛仙》原著阅读量增长8倍，收入增长10倍以上。影视作品与原著的"互粉"过程，正是IP固本纳新、持续扩大影响力和焕发生命力的破圈过程。《诛仙》原著与电影的互促闭环，再次印证了书影音场景联动的前瞻布局，也充分体现了头部IP在阅读、影视等多场景延展的可塑性。

剧版《庆余年》则是一次男频IP改编的重要尝试，也是阅文集团以内容为牵引力进行全产业链布局的有力实践，在热播期强化书影联动的营销场景，实现从作品创作源头、读者粉丝运营、IP孵化的全产业链运营。借助剧集热度和IP联动，原著在起点读书App上的在线阅读人数、单书在线阅读收入增长50倍，推荐票达352万张，聚集超200万粉丝，《庆余年》在QQ阅读App上则被超过百万读者粉丝收藏。跨平台的不同场景用户因"故事"而互动讨论，推动《庆余年》在完结十年后重登畅销榜三甲。

第六章　中国故事扬帆出海

网络文学不仅在题材多样、价值多元、品质提升、产业开发等方面迸发出蓬勃的生产力和影响力,其用户参与度、IP开发度、国际用户口碑和中国文化元素的生命力也正在成为网络文学扬帆出海的巨大引擎。2019年,是网文出海3.0时代的重要一年。网络文学的海外传播正在实现从内容到模式、从区域到全球、从输出到联动的整体性转换。网络文学通过拓展国际影响力逐步实现自身从文学事件、文化效应、产业经济到文化生态的积累成长,在传播中国文化、构建大国形象、推进文明互鉴、构建网络空间命运共同体方面迈出了坚实的步伐。

第一节　传播中国表达

2019年,移动互联网持续高速发展,网络文学凭借生动精彩的故事、广泛便捷的传播,以及大众化、互动性的文化特点,进一步加强了自身作为中国文化海外传播载体的独特优势。主要表现在以下几方面。

一是体量优势明显。第14届中国北京国际文化创意产业博览会发布《成就新时代的中国文化符号：2018—2019 年度文化 IP 评价报告》显示，网络文学从电影、电视剧、动画、漫画和游戏中脱颖而出，占领该年度中国 IP 海外评价 TOP20 中的 10 个席位，阅文集团的《妖神记》《全职高手》《斗罗大陆》《天盛长歌》《扶摇》《斗破苍穹》《武极天下》等 7 部作品榜上有名。此外，高达 1170 余万部的作品储备量和 780 余万名原创作者成为网文出海自有品牌的坚实基础。

二是中国元素突出。一方面，基于"中国风"鲜明的神话故事、历史传说以及背后的人文内涵，历史、武侠和玄幻仍然是网文"出海"的主要题材，如弘扬尊师重道的《天道图书馆》、表现中华传统美食的《异世界的美食家》等作品；另一方面，随着网络文学对现实题材的关注和深耕，《全职高手》《青春从遇见他开始》等一批反映时代精神、以积极励志为主题的作品也得到读者认可。

三是海外粉丝激增。与"好莱坞电影""日本动漫""韩国电视剧"并称为当今世界四大文化奇观的网络文学，拓宽了中国文化海外传播的民间通道，精彩的中国故事与人类普适价值的结合引起了海外用户的共鸣，成为网文出海的持续动力。从阅文集团旗下品牌、目前国内领先的正版外语网络文学平台 WebNovel（起点国际）的数据来看，截至 2019 年，阅文集团向海外授权作品 700 余部，WebNovel 在线社区日评论量超过 4 万条，点击量超千万的作品近百部，用户遍布全球。

四是中国价值迁移。随着网络文学国际市场的打开和逐渐成熟，网络文学的中国模式开始取代出版授权和规模化翻译的输出方式在海外落地，并在培育海外原创过程中传播中国价值，开启了网文出海的新飞跃。起点国际自 2018 年启动海外原创业务以来，平台的海外作者超过52000人，审核上线作品近9万部，形成了较为稳定的原创作家群。这些作品的世界观架构深受中国网文影响，尊师重道、兄友弟恭等"中国题材""中国思维"蕴含其中。来自美国、英国、菲律宾、印度等地的数万海外友人，在起点国际上从读者转变为作者，投入仙侠、历史、幻想等主题的创作中，极大拓展了网文出海的深度和广度。

第二节　应对国际需求

在全球化和"一带一路"倡议背景下，网络文学出海以"讲好中国故事"为内核，肩负着融入世界文化与国际文明对话、彰显国家文化软实力的使命。2019年，网络文学积极探索出海模式的新增长点，在注重自主品牌的基础上，全力推进渠道合作，通过增量提质和平台开发，加速了中国主流文化在海外的"本地化"进程。

深度合作营建出海新生态。推动深受中华传统文化影响的东南亚地区整体协同发展，不断催生海外成熟市场，为网文出海创造新动能。如阅文集团与新加坡电信建立战略合作关系，投资泰国在线内容平台公司Ockbee U，在东南亚网络文学服务及内容平台业务方面进行深耕，并尝试建立长效培育机制，实施以原创扶持为主导内容的"群星计划"（Rising Star）、举办"中国网络文学海外传播论坛"、组织读者见面会等，增进了双方在内容开发、授权、营销、原创等方面的深度合作，为中国文化的国际化、本地化加速赋能。

全球布局扩大"出海"版图。基于对数字化处于起步阶段的发展中地区强大的阅读市场潜力的预判，网文出海脱离了内容的

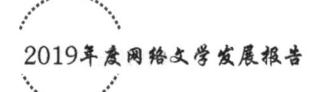

单向输出，依托国际知名互联网服务企业为网文出海提速。2019年6月，阅文集团与传音控股正式合作，有效利用当地市场的分发渠道，实现了平台原创内容和运营经验的软着陆，不断满足非洲用户日益增长的在线阅读需求。

第三节 夯实文化自信

网络文学以符合人类普适价值的中国故事赢得海外受众，凭借大众文化的交互性融合中外文化差异，在跨文化传播中扮演着极为重要的角色。2019年，网文出海在提升出版授权、线上翻译、互动社区、国际合作效果的同时，注重扩大网络文学的世界性影响，并启动了 IP 多元形态输出的模式，交出了国际认可的海外合作成绩单，成为建构国家文化形象、树立中国文化自信的独特窗口。

一是形成日益完善的全球化阅读体系。各大平台立足自身优势，通过增加海外授权、提升翻译质量等手段激发传统付费阅读模式的潜力，形成了新时代网文出海的行业自觉。起点国际目前拥有 600 余部囊括武侠、玄幻、奇幻、都市等多元题材的英文翻译作品，西班牙语、菲律宾语等多语种翻译也同时上线，同时，网站平台还实现了网络小说中英文双语版同步发布和连载，拓宽了网文出海视野，缩短了中外读者的"阅读时差"，网络文学的全球影响力进一步增强。

二是与世界知名 IP 运营企业联动。在阅文集团与迪士尼的合作中，除了在中国大陆引进星战小说的电子版权外，还由阅文集团大神作家国王陛下执笔，和阅文集团世界观架构组、卢卡斯影业故事组共同打造全球首部由中国作家创作的星战小说，借助全球流行文化的现象级品牌，呈现中国文化对星战的理解、信仰和追求，让中国故事走向世界，推动世界文明互鉴与文化交流，在文化出海的过程中展现大国文化底蕴、夯实文化自信根基。

三是依托 IP 改编的影视、动漫"组团出海"，长尾效应助力网文国际表达。根据《从前有座灵剑山》《全职高手》等网络小说改编的动漫、图书已登陆日本等国并占领排行榜前列；《庆余年》《许你万丈光芒好》先后授权泰国、越南出版和改编；根据《全职高手》改编的真人网络剧在 Netflix 上线；根据同名网文改编的动漫《放开那个女巫》在起点国际上线后先后登陆北美和日本；《你和我的倾城时光》斩获"2019 迈阿密－美洲·中国电视艺术周"金珍珠奖项—电视剧金奖。

网络文学以绝对领先的优势，成为中国文化"走出去"的一张重要名片。网络文学海外传播战略布局正在形成。

结　语

"忽如一夜春风来，千树万树梨花开。"古诗中寒冷冬天的景致，被书写得如此春意盎然，见出诗人的浪漫主义精神和人生态度，一如我们倾注在这份报告里的积极向上的立场。客观地讲，2019年的网络文学，国家关切更多了，行业占位更高了，内容创新更强了，商业探索更广了，海外传播更快了。因此，我们可以说，行业前景更亮了。这一年，很多小伙伴觉得太难了。对此，网络作者、读者以及从业者都有一定认同。然而，我们在共情里找寻希望，如同过冬的麦苗，集体孕育着破土而出的春天的梦想。这份坚守，是信念、是力量、是理想，更是情怀。近期，网络小说IP盛况空前。这冬日的画风，似在昭示新春的曙光：网络文学行业正在快速接近下一个风口。

指　导：何　弘　中国作家协会网络文学中心副主任
总撰稿：肖惊鸿　中国作家协会网络文学中心研究员
统　筹：欧阳友权　中南大学教授
　　　　夏　烈　杭州师范大学教授
撰　稿：陈定家　中国社会科学院文学研究所研究员

杪椤　中国社会科学院文学研究所访问学者
周兴杰　贵州财经大学教授
王文静　中国社会科学院文学研究所访问学者
郑薇　中国社会科学院文学研究所访问学者

2020年度中国网络文学发展报告

总论 2020年，网络文学的迭代与新生

以中国社会科学院文学研究所专家学者为主体的网络文学发展报告课题组，将网络文学发展状况纳入学术研究视野，予以持续关注。2020年度中国网络文学发展报告，力求突出文化强国建设的国家站位，坚定主流文化传播的国家立场，拓宽网络文学发展的国际视野，提升中国网络文学的世界格局，在国家政策引领下，聚焦行业发展现状，剖析行业发展问题，预判行业发展趋势，力争实事求是、虑周藻密，研究、评价网络文学取得的年度成绩，为网络文学作者提供创作资讯，为网络文学读者提供阅读资讯，为网络文学从业者提供经营资讯，为政府部门提供管理资讯，为海外网络文学提供发展资讯，为满足广大读者需求提供参考佐证。

本报告以阅文集团年度数据和行业公开数据为主要分析蓝本，试图勾勒行业发展的基本样貌，给出行业发展的基本研判，分析行业发展的基本走向，力图反映网络文学年度发展历程。在年度网络文学盘点阵营中，以深入一线的田野调查姿态、独具优势的数据剖析，试图全景展现网络文学行业一极的发展面貌，以期成为网络文学年度发展不可或缺的重要记忆。

课题组持续跟进网络文学发展进程，不断扩大研究范畴、深化研究领域。对于年度报告而言，课题组尽力充当网络文学行业发展的忠实记录者。尽管这份记录不尽完美、不够全面，定有以偏概全、管中窥豹之虞，但求尽可能多维度、多方位描摹网络文学行业发展状况。

在过往20余年的发展基础上，在文娱产业大环境的变化中，网络文学进入发展的迭代期。在2020年疫情"黑天鹅"的催化下，这种迭代变化从隐性走向显性，从量变引出质变，并体现在网络文学作家读者、内容生态、商业模式等方方面面。"迭代"成为2020年网络文学关键词，孕育着网络文学的新生。

本报告分为六章，从不同角度综合阐述网络文学2020年度的变化与迭代。第一章体现网络文学创作队伍的迭代。创作队伍数量规模持续增长，并呈现出明显的年轻化、专业化、呼应主流价值等特点。同时，作家队伍与平台关系也在2020年产生显著变化。第二章展现网络文学消费群体的迭代趋势。以Z世代为主导的读者进一步放大网络文学的"网络性"特点，呈现付费意愿强、高频互动、衍生创作的网络文学用户新面貌。第三章剖析网络文学新兴文体和商业模式——免费阅读和新媒体文的发展，为网络文学带来内容和用户的新增量。付费阅读与免费阅读呈现加速融合趋势。第四章突出海外传播新成绩，从作品出海到海外作家生态培育，为网络文学代表中华文化"走出去"再造新格局。第五章关注网络文学IP开发新趋势，网络文学IP改编形式越来越多元，网络文学IP改编链路趋于耦合。从改编题材来看，古代言情、历史、玄幻等依然是市场传统优势类别，新幻想题材和现实题材表现突出。第六章提出未来发展新思考，合力打击盗版、优化版权环境，促进内容高质量发展，巩固网络文学优势地位。

总论

2020年,网络文学的迭代与新生

"沉舟侧畔千帆过,病树前头万木春。"在人类社会发展进程中,2020年是极为特殊的一年。这一年,在以习近平同志为核心的党中央的领导下,网络文学界学习并贯彻落实习近平总书记关于中国特色社会主义文艺的重要指示精神,坚定文化自信,弘扬中国特色社会主义核心价值观,坚持以人民为中心的创作导向,众志成城,抗击新冠疫情,团结协作,推动网络文学行业健康发展。这一年,也是我国"十三五"规划收官之年。网络文学企业持续增加,作者和读者数量稳步上升,网络文学创作百花齐放,高新科技助力网络文学传播加快步伐,网络文学治理逐步完善,网络文学促进文化强国建设取得了历史性成就。特别是,不久前召开的中华人民共和国第十三届全国人民代表大会第四次会议,表决通过《中华人民共和国国民经济和社会发展第十四个五年规划和2035年远景目标纲要》,明确提出,发展社会主义先进文化、提升国家文化软实力。作为网络文学行业的发展指南,"十四五"规划和2035年远景目标纲要为网络文学从业者开启新征程注入了新的向往和期待。

第47次《中国互联网络发展状况统计报告》显示,截至2020年12月,我国网民规模达9.89亿人,互联网普及率达70.4%,互联网运用成为前所未有的普遍现象,也为网络文学的发展壮大提供了技术支撑和全民基础。网络文学用户增长稳定,规模达4.67亿人,网络文学显示出强大的传播力量,发挥了积极的文学影响作用。含网络文学在内的数字阅读产业规模持续扩大,网络文学拉动下游文化产业迅速增长,为我国成为全球唯一经济正增长的国家、国内生产总值突破百万亿元、圆满完成脱贫攻坚任务、全面进入小康社会、迈向现代化国家远景目标、推动中华文化走出去等作出重要贡献。

47

2020年，网络文学的互联网优势与作用凸显，各大主要网络文学平台面向读者积极推送付费及免费模式的阅读，进一步彰显网络文学行业的数字化特征。网络文学用户数据显示，网络文学作者与读者遍布我国各省、自治区、直辖市，中小城市网络文学下沉用户日益增多，业已形成网络文学的国家版图，凸显网络文学的国家价值，呈现出我国网络文学蓬勃发展的生命力和影响力，也持续激发了网络文学行业自我发展的内生动力，有力促动以网络文学为核心源头的下游文化产业改革、转化、升级，提质增速，形成多元化协同发展良性互动，注重社会效益与经济效益相统一，有力推动供给侧结构性改革，满足人民群众的文化需求，服务于国内大循环为主体、国内国际双循环的发展格局，进一步丰富、完善、发展了新时代网络文学的定义。

第一章 网络文学作家逆势增长，队伍构成、平台关系走向迭代

2020年，突如其来的新冠疫情催生了"宅经济"，推动"互联网+"文娱业态的快速发展。在常态化疫情防控中，以网络文学为代表的数字产业迎来发展新机遇、产业新动能、行业新增量。根据中国互联网络信息中心（CNNIC）第47次《中国互联网络发展状况统计报告》，截至2020年12月，我国网络文学用户规模较2020年3月增长475万人，占网民整体的46.5%。据艾媒咨询测算，2021年中国数字阅读市场将达416亿元，网络文学市场规模稳步增长。

在稳步增长的数字阅读市场规模中，网络文学作者作为行业核心生产力，其IP价值和影响力也同步增长，成为网络文学平台发展重要的商业参考。2020年，伴随着数字文化产业蓬勃发展的内在需求，以及平台加大投入、引导扶持，加之疫情"黑天鹅"的催化，越来越多的人投入网络写作，新生血液势头迅猛，行业吸引力持续上升。

第一节　网络文学内容创作逆势增长

疫情期间，网络文学内容创作逆势增长，创作队伍规模持续扩大。据阅文集团数据，相比于2019年810万入驻作家，2020年中财报显示，阅文集团已有890万名作者；2020年第一季度，平台新增作者33万人，环比增长129%，新增作品数量超52万部，同比增长约1.5倍，广东、江苏、山东、河南、四川作者最爱网络文学创作，而湖北新增作者近万人，首次跻身作者排行榜前六名。在常态化疫情防控中，我国经济社会运行逐步趋于正常，"宅"生活方式促使文学创作欲高涨，并在"后疫情"期间持续保持——2020年第二季度，阅文集团平台新增作者近50万人，环比增长约50%。

而根据中国音像与数字出版协会披露数据，受疫情"宅经济"影响，兼职写作也在2019年的基础上成为越来越多作者的选择，在签约作者中占比超过六成。以第四届全国现实题材网络文学征文大赛为例，参赛者中超过89%的作家是兼职写作，他们的本职工作身份有大学教授、国企骨干、扶贫干部、警察、现役军人、科研人员等。同时，网络文学创作队伍规模持续扩大带动了数字经济就业，疫情期间，网文行业成为"斜杠青年"的重要创收渠道。

作家作品数量的规模增长为网络文学更好地肩负描摹现实画卷、书写伟大时代的使命提供源源不断的新生血液，如星星之火散落在广阔的网络文艺园地每一个角落，不断生产更多更丰富的高质量、高品位的文学作品，以生生不息的朝气和灵动敏锐的反应，全面绘制当代中国的精神图谱，传播中华文化，不断壮大繁荣社会主义文艺的"生力军"和"轻骑兵"。正是在这个意义上，网络作家的规模增长使网络文学作为产业链的上游产品库存充足、有备无患，为辐射带动全媒体运营的各行各业实现跨界融合、丰富读者全方位的精神需求提供了现实基础。

第二节 网络文学作家队伍构成新趋势

一 我辈登临正少年——Z世代成为网络文学作家新增主体

网络文学作家年轻化趋势势不可当。根据阅文集团相关数据，2020年阅文集团新增网文作家Z世代（1995年以后出生的群体，包含"95后"及"00后"）占比近八成，已成作家队伍新增主体。同时，结合艾媒咨询《2020年中国网络文学作家影响力榜单》及阅文集团推选出的2020年度网络文学榜样作家"十二天王"样本分析可以发现，不仅新增作家Z世代化，新生代作家的接连崛起也使"成神作家"越发年轻，元气满满的网络文学作家生态正在形成。

2020年起点中文网成绩最佳的作者——老鹰吃小鸡就是一位"90后"，他的作品《万族之劫》堪称2020年起点中文网现象级作品，以单月超41万的月票打破网文男频小说月票纪录史，并以全年223万总月票的成绩，问鼎阅文原创文学风云榜2020年度男生总榜。同时，《万族之劫》还是2020年阅文自有平台更新字数最多（全年累计更新757万字）、总收入和总订阅第一、总评论量第一（全平台评论量超300万）、读者打赏数额最高的作品。

同样是"90后"，新生代作者言归正传的《我师兄实在太稳健了》是起点 2020 年另一现象级作品，打破阅文平台 2020 年仙侠品类均订纪录，开创"稳健流"先河，并成功将"稳健"一词送上起点年度热词 TOP1。

阅文集团推选出的 2020 年度网络文学榜样作家"十二天王"（年度网络作家中的新晋佼佼者盘点）中，"90 后"占据半壁江山，最年轻的是 1996 年末出生的云中殿，他凭借一本《我真的不是气运之子》"一书封王"，获"轻小说气运之王"称号，仅在起点一个平台，便拥有超百万的粉丝量，连续五个月稳居品类月票榜 TOP5。

"00 后"作家亦崭露头角，笔书千秋凭借《召唤之绝世帝王》打破"00 后"作者当前连载作品均订纪录。

网络作家队伍以"Z 世代"为增长主体的"少年化"和"逆龄化"发展倾向，和"网生代"成为网络文学的接受主体和消费主力相匹配。作者和读者这两个群体的年龄层和价值观更为相近，有相似的成长经历及写作风格和兴趣爱好，可以更大程度契合阅读需求。"网生代"作者有着更敏锐的网络嗅觉和更细致的网络语言表达，能更好地理解网络文化与网络思维，更加懂得以"圈粉"和"埋梗"等技术手段维持粉丝黏性和个人热度。同为网络原住民的年轻作者通过作品所传达出来的对个性和自我实现的意愿也更容易获得读者共鸣，很多"90 后""95 后"甚至"00 后"作者的成名期较以前更短，有的甚至"一书成名"。

由此，在年轻创作者的带动下，"网文梗"成为网络文学反映文化趋势和引领传播潮流最显性的内容表达。年轻的作者不仅可以灵活化用甚至发扬网络上已有的"梗文化"，更能够成为网络流行语的源头，使网络文学成为一种独特的话语场，深刻影响读者的语言习惯和用词表达。相较于视频等其他内容形式，创作周期更短,信息密度更大,描述上更不受限制,因此可以更快地反映前沿文化趋势和流行内容元素,引领网络文化的传播潮流。

以起点读书 2020 年度 TOP 热词为例,"稳健""思想迪化""大兴西北""不当人子"便是 2020 年最热门的"网文梗",它们或从网文内部生长而成,或是在网文的嫁接下"破圈"发展。

"稳健"一词源于言归正传的《我师兄实在太稳健了》。"稳健"的主要来源,是 B 站的鬼畜动漫《我家大师兄脑子有坑》和电竞直播梗"他太稳健了"。经过网络文学的"博采众长","稳健"一词在网文发展壮大,并带动了网文"稳健流"的诞生。

"思想迪化"源于动漫《OVERLORD》中的角色迪米乌哥斯。他十分崇拜动漫中的另一角色安兹,总认为安兹什么都知道,无所不能。因此,当安兹做什么事情或说什么话的时候,迪米乌哥斯总会脑补安兹有宏大的计划或者考虑了深远的意义。但其实安兹并没有想这么多。因此,后来迪米乌哥斯每次脑补的时候就会有弹幕说思想逐渐迪化。这个网络用词被"95 后"作家黑夜弥天敏锐地捕捉到,并把这种创作方式引入《平平无奇大师兄》,掀起了"迪化流"狂潮。

"大兴西北"是"90 后"作家会说话的肘子《第一序列》作品中生长出来的"内部梗"。书中一个配角大忽悠骗他人到西北的行为称为"大兴西北"。经书友不断玩梗传播,发展壮大,也在起点成为话题词。

"不当人子"出自《西游记》,原意指不敢当,被网友发掘后,常用作"不是人"的双关玩梗,被"90 后"作家卖报小郎君在《大奉打更人》中反复引用。

可见,新锐作家接连崛起,年轻血液不断涌入,网络文学行业年轻化趋势显著,网络文学创作生机勃勃,呈现出"满眼生机

转化钧，天工人巧日争新"的盛景。

二 网文呈现多元化、专业化、呼应主流价值趋势

2020年，网络文学高质量发展成为行业共识，内容建设作为最根本的发展举措和核心目标得以巩固。在社会引导、平台鼓励和行业监管的合力作用下，由题材、类型和主题建构起的内容要素市场得到充分发育，网络文学呈现出兼具现实性与专业性、多元化与高质量发展的趋势。

2020年，网络文学已形成都市、历史、游戏等20余个大类型，200余种小分类，新生力量的输入大大改善了网络文学同质化、陈旧化的痼疾，为网络文学发展带来全新活力。轻小说、二次元等题材类型在Z世代创作者和消费者的主导下崛起，宏大叙事和轻松幽默吐槽风各表一枝，"平民逆袭""打怪升级"的"传统套路"不再所向披靡，现实流与幻想流、都市风与历史风、次元系与生活系、网络工程师和动漫人设师等非传统职业和曲艺收藏等非热门元素接连登场，种种题材和领域不断"破圈"，作者和读者之间的深度互动与平视交流越来越频繁、顺畅，更强的个性和话语权、更高的专业纵深性和垂直性、更多元的话题和更广阔的地域覆盖面……网络文学在创作者和消费者年轻化的带动下，呈现出旺盛的生命力和百花齐放式的创新力。"一花独放不是春，百花齐放春满园"，多元化的类型和多样化的题材结构，为网络文学高质量发展奠定了基础。

网络文学虽然题材丰富、天马行空，但从未脱离当下，每个阶段受读者喜爱的网文品类，都是时代背景和社会心态的映射。近来，在国家政策倡导和平台支持引导下，网络文学对现实的关切已经融入网文创作的类型化发展当中——都市文大热,其中的细分流派职业流成为起点最火的流派之一。2015年至今,阅文平台医疗题材数量年均增长率达到40%,以志鸟村《大医凌然》、真熊初墨《手术直播间》和手握寸关尺《当医生开了外挂》为代表的医学类题材连续成为起点职业文的热点。其中,大多医疗病例和手术内容都源于现实生活,甚至不少内容是根据论文和指南撰写。可见,都市文、职业流的火热,使网络文学呈现专业化趋势。被称为"2020都市职业文最强王者"的《当医生开了外挂》作者手握寸关尺,就是一位三甲医院的职业医生;第31届中国科幻银河奖最佳网络文学奖获奖作品《我真没想当救世主啊》的作者火中物毕业于四川大学环境科学专业,曾长期从事一线环保科研工作;《大国重工》《何日请长缨》的作者、阅文集团大神作家齐橙是中国社会科学院工业经济研究所的博士、北京师范大学的统计学副教授。高学历网文作者比例日趋增长。

2020年,受疫情影响,网络文学观照现实、呼应主流价值的趋向尤甚。2020年,阅文集团举办了"我们的力量"抗疫主题征文大赛,参赛作者覆盖全国100多个省、地级市,短短一个多月就吸引了27800余名作者,有驻村干部、大学生村官、抗疫武警等一线人员参与创作,涌现了《一诺必达》《你好普通人》等大批记录各行各业普通人抗疫的优秀作品。抗疫、医疗、脱贫等时代话题也迅速反映在网络文学创作中。网络文学不仅蕴含着时代精神,也承载着中国故事,并成为具有全球影响力的中国文化符号。阅文旗下起点国际海外原创作品已超16万部,世界观和故事架构深受中国文化影响,蕴含着奋斗、热血、尊师重道等中国元素。

纵观2020年网络文学发展,创作队伍呈现出明显的年轻化、专业化趋势，整体特点是年轻化势不可当，新生代锐进崛起，中生代稳中求变，资深作家持续影响。如今，资深作家与新锐作者同堂，共同促进网络文学内容生态繁荣。

第三节　网络文学平台与作者新关系

2003年，起点中文网创立付费阅读系统——VIP付费制度，开启网络文学的产业化构建。自此，网络文学平台与作者的商业合作模式，伴随网络文学的商业模式、运行体系与版权拓展机制的建立相应而生，至今运转近二十年。在这段发展历史中，在网络文学产业内部，网络作者社会地位逐步提升，网络文学IP市场趋于成熟，网络文学产业走向规范化并蓬勃发展；在文娱产业环境外部，随着传播媒介和传播方式的改变，用户获取资讯、体验内容、娱乐生活的方式也有了"翻天覆地"的变化，文娱消费产品空前繁荣，表现形式亦越发生动。

而网络文学平台和作者的关系在近二十年的发展历程中鲜于"推陈出新"、逐步改良。过往平台和作者的关系流于陈旧，难以适应网络文学创作的"新环境"及新发展，也埋下作者与平台矛盾的隐患。这种不适应带来的内在张力和矛盾，在阅文新管理层上任和疫情"黑天鹅"的变动和挑战下触发。可以说，网络文学平台与作者的关系在2020年进入迭代期，平台加速转变为"服务型"平台，以积极的姿态建立和作者的新型关系。

2020年6月阅文推出全新版本合同，成为网络文学平台与作家关系迭代更新的标志性事件。新合同三类四种授权分级、免费或付费可自选，赋予作家更多自主权，扩大作者权益，鼓励内容创作。若以2020年为节点，这或许是平台自发的偶然性事件，如

第一章
网络文学作家逆势增长,队伍构成、平台关系走向迭代

若将其放在网络文学发展史的坐标中,作者和平台关系的迭代则是偶然中的必然。除"单本可选新合同"外,阅文自新管理层上任以来,先后做出改革升级编辑分组制度、全面升级作家福利政策、启动阅文起点大学、发布亿元"青年作家扶持计划"等新举措,阅文新管理层称之为"作家生态建设进入 2.0 时代"。无论我们用什么修辞来表达这一系列举措,其本质都是平台与作者关系转变的外在表现,意味着网络文学平台必须直面双方关系和创作环境的内在矛盾,转向"服务型"平台,化"张力"为"合力",才能满足网络文学作家的根本要求,共同应对市场竞争和发展的挑战。

第二章　网络文学消费群体迭代

——Z世代主导的网络文学用户新貌

网络文学自诞生以来，消费主力人群便以年轻的都市群体为主。随着网络文学20余年的发展，其受众也从"80后""90后"逐步更迭为"95后""00后"。据阅文集团数据，其读者Z世代占比近六成（"00后"占比42.36%，"95后"占比15.01%）。作为互联网原住民，Z世代读者进一步放大了网络文学的"网络性"特征，呈现出付费意愿强、互动高频、热衷于衍生创作的网络文学用户新面貌。

第一节　Z世代主导的网络文学用户付费意愿更强

作为网生代，Z世代对虚拟产品付费接受度较高，付费比例显著高于整体平均水平。从整体数据来看，2020年上半年，阅文集团在线业务收入同比增长50.1%至24.95亿元，自有平台产品及自营渠道的平均月活跃用户数（MAU）同比增加7.5%至2.33亿人，每名付费用户月均收入（ARPU）同比增加51.6%至34.1元。

非常显著的是，Z世代十分乐于为优质作品付费，用真金白银为"真爱"打 call。2020 年，阅文全站仅单日打赏超 10 万元的作品就有 16 本，并有 19 位作家在一年内收获超 100 位"盟主"（"盟主"：打赏作品超过 1000 元人民币的读者）。5 月完结的《诡秘之主》，获得亿万订阅、千万推荐、百万打赏，打破网文二十年纪录。老鹰吃小鸡《万族之劫》除凭借超 41 万张的单月月票成绩创下了网络文学新纪录外，还是 2020 年读者打赏数额最高的作品，也是起点读书 2020 年"盟主"数量最多的作品，拥有 827 位"盟主"。言归正传《我师兄实在太稳健了》最高单日获得月票超 10 万张，在 2020 年内增加了 165 个"盟主"（此书从 2019 年开始连载，2020 年完结）。2020 年 10 月 31 日，书友"壶中日月，袖里乾坤"通过打赏贡献月票 99666 张。亿盟之力，恐怖如斯。

总体看来，Z 世代主导的网络文学用户，年轻而有活力。他们拥有良好付费习惯，乐于为优质作品买单。同时，Z 世代的用户也是更精明的用户，他们对作品质量有属于自己的独特要求和标准，《万族之劫》《我师兄实在太稳健了》等作品大受追捧，折射出他们的欣赏趣味。用户需求所形成的动力和压力，倒逼网络文学生产做出调整和改变。同时，网络文学 20 余年的发展积淀，也奠定了新生代读者多元化的阅读兴趣和更高的阅读期待。这些需求汇聚到一起，昭示着网络文学用户的整体性成长，以及他们对作品质量的更高追求。

第二节　遍及全网的书友高频互动

相比消费本身，Z 世代用户更关心的是消费体验，其互动和表达意愿也更高。尽管书评区互动的"传统"源远流长，自网络文学诞生之日起就作为网文独有的特色流传至今，但在 Z 世代读者的主导下，无论是互动的数量、对象（从作家作品扩散至作品角色），还是范围（不局限于平台，全网交流），都有所提升和扩大。

在热衷表达自我的 Z 世代用户带动下，书评量和趣味性持续提升。如前文所述，"网文梗"就是在这种高频互动下带动发展出的文化现象之一。2020 年，阅文全平台"本章说"（阅读平台的评论功能，即数字阅读版"弹幕"）数量近亿条，累计评论量超 100 万条的作品超百部。其中，越是热门作品的评论区越是嗨爆，常常聚集大量读者讨论人物情节、猜测剧情走向。《诡秘之主》累计评论数超 1200 万条，斩获榜首。阅文其他粉丝数超百万人、"本章说"评论数超百万条的作品还有《超神机械师》《第一序列》《大奉打更人》《临渊行》和《大道朝天》等作品。这些作品的"本章说"精彩程度丝毫不输原文，评论区常常让人笑到"地崩山摧壮士死，然后天梯石栈相钩连"。与高频互动相伴的是更强的用户黏性和付费意愿。据阅文集团数据，"本章说"对用户人均阅读时长的提升贡献超过 32%，对用户付费率的提升也有超 10% 的贡献。

作品之外，以作家为中心的粉丝群体也逐步孵化形成。2020 年阅文所有作品评论量累计超 100 万条的作家有 69 位，阅文自有平台累计粉丝数超 100 万人的作家有 19 位。

除了作家作品，伴随虚拟偶像浪潮的兴起，书中角色也成了 Z 世代读者喜爱的对象，以作品角色为中心的评论互动也已形成不小规模。读者利用社区功能，与自己喜爱的角色亲密互动，为他们比心、点赞。截至 2020 年 12 月，阅文平台角色累计读者比心（起点读书围绕作品角色打造的应援功能，即读者可通过在起点读书App内为喜欢的作品角色点赞来为其应援）量破亿，角色标签数超30万。《万族之劫》男主人公"苏宇"、《诡秘之主》男主人公"克莱恩·莫雷蒂"、《我师兄实在太稳健了》女主人公"蓝灵娥"、《我真没想重生啊》女主人公"沈幼楚"、《大奉打更人》配角"小母马"、《欢想世界》配角"风君子"就因出色的人物形象设计，被评为2020年起点用户最喜欢的角色。

Z世代读者的交流范围不仅仅局限于作品连载的平台内部，微博、B站、百度贴吧、豆瓣、LOFTER等社交平台都留下了他们的话语踪迹，遍布全网的交流活动呈现圈层化态势。以微博为例，2020年《诡秘之主》的微博话题阅读量就达1.4亿，讨论166.3万次，微博超话相关帖子超1.2万个。其他相关话题阅读量过亿、讨论次数过万的热门作品还有《第一序列》《万族之劫》《猎赝》等。

第三节 书粉衍生创作构建IP"基建"

阅读愉悦会激发读者的创作欲和文化生产力，为自己喜欢的作品"应援""产粮"，从而涌现出大量的衍生创作。这些衍生创作，既是在原著架构下的延伸与填充，也成为以粉丝聚集效应为基础的IP"基建"，不仅填补了网文IP开发的"真空期"，更为后续IP开发提供框架参考奠定基础。

同人图片是角色视觉化的基础，勾画出书粉脑海中的角色轮廓。这种可视形式备受Z世代书粉的喜爱。《诡秘之主》就有万名画师自发制作海量衍生作品，其在LOFTER平台上的衍生作品拥有近2000万的浏览量。某粉丝在微博晒出自己精心绘制的长图，向书中的重要人物阿兹克先生送上生日祝福，被网友称赞：

"真是美得让我不知道怎么夸夸了。"另一位书友则为书中的 22 条非凡途径精心设计了全套徽章，也受到其他粉丝热捧。

衍生文是 Z 世代书粉另一喜爱的创作方式，通过在原著架构下的延展和填补，与作者"共创"，形成相互交融的"IP 宇宙"。在起点中文网搜索《庆余年》，除了原作外，还有 1322 部相关作品，大部分为《庆余年》的衍生之作。佼佼者如《庆余年之我是主角》《开局出生在庆余年》等作品，拥有几十万字的体量，收藏数破万，足见衍生作品也有不俗的内容品质与影响力。

除视觉产品外，配音和广播剧也是网文衍生创作的重要内容。在"起点读书"App 中，读者可以朗读文中的段落，自己为角色配音。2020 年全年配音条数超 60 万条，参与配音互动的人数超 15 万人。除了音频，粉丝也常常围绕作品中的经典桥段借视频自发"玩梗"。B 站"庆余年"频道，共有近 2 万个视频，共播放 3 亿次，152 个精选视频，2.7 万人订阅。除了"玩梗"，B 站还涌现出大批对热门作品（小说、网剧、电影）进行解说（安利作品、分析剧情等）的视频区，许多作品被网友收录为"每周必看"。

我们看到，"为爱发电"的衍生创作，一方面充分调动和展现了书粉的创造力，为作品的视觉、听觉构建打下基础；另一方面又能帮助作品"出圈"，吸引潜在受众，为 IP 影响力形成铺垫。因此，书粉的衍生创作成为构建 IP 的"基建"。应该认识到，书粉衍生创作已经成为"网络文学+"产业文化生态的有机构成，并为增强整个产业文化生态的活力持续发挥独特的作用和能量。

第三章 网络文学新兴商业模式

发展至今，伴随着外部环境的变化，尤其是互联网技术和传播媒介的发展与迭代，网络文学这种以"网络"为载体和文体结构基础逻辑的内容也顺应媒介的变化有了新的发展。

近两年，免费阅读和新媒体文成为新兴商业模式，得到快速发展。值得肯定的是，免费阅读和新媒体文激活了下沉市场，成为刺激数字阅读市场快速发展的新兴力量，为网络文学的内容和用户带来新增量，也拓宽了网络文学市场规模。然而，免费阅读和新媒体文作为新生事物，在扩容市场、蓬勃发展的同时，收入模式单一、内容水平参差不齐、孵化IP能力不高等问题也先后出现。为积极解决已有问题，保护行业新生力量，网络文学行业开始持续孵化优质内容，加速免费/付费融合商业模式探索，成为2020年网络文学非常重要的发展趋势。

第一节 免费阅读发展趋势

一 伴随行业发展，免费阅读模式问题与机遇一并显现

长期以来，网络文学以"付费模式"为主流并稳固发展。但

伴随着趣头条、字节跳动、阅文、掌阅、百度等企业的入局，免费阅读为网络文学的内容规模和读者群体都带来不小的增量，吸引了大批"圈外用户"。但是，免费阅读高速发展后带来的问题，在行业"聚光灯"下亦有显现。

免费阅读仍处在快速发展阶段，并开始探索除广告之外的新变现手段。

QuestMobile 发布的《2020 中国移动互联网年度大报告·下》显示，2020 年 12 月，免费网文 App 行业用户规模 1.44 亿人，较上年同期的 1.18 亿人，增长了 22%，免费阅读仍处在高速增长期。

目前，免费阅读模式主要通过为读者提供免费内容获取相应流量，再通过信息流广告、展示广告等形式进行商业变现。但是，平台广告收入受广告主预算、广告主竞价水平、广告点击率/转化率等多种因素影响，存在较大不确定性，平台与作者收入也容易出现波动。另外，"流量+广告"模式是否能够帮助平台维持健康、长远的发展目前并不明朗，仍需进一步观察。因为早期的免费阅读平台主要通过投放获客、网赚奖励等手段，短期内快速获取大量用户，再通过"流量+广告"模式进行变现。但是，据实际情况来看，这种模式似乎并不能完全覆盖平台为获取更多用户所付出的投资。随着平台投入减少，其用户也在快速流失，这也是早期免费阅读平台逐渐没落的重要原因。

据行业公开报道，部分业内人士认为，从现在的市场规模来看，只有头部平台的用户体量能勉强通过广告营收覆盖成本。因此，部分免费阅读平台已推出"VIP 会员"权益，用户购买后可享受阅读免广告、听书免广告等增值服务。归根结底，此类措施是在"免费模式"基础上的"付费拓展"，即平台通过用户购买增值服务获取收益，进而丰富整体变现手段。据不完全统计，目前番茄、七猫、米读等众多免费阅读平台均上线了"VIP付费免广告"的模式。

免费阅读内容趋于同质化后,难以构建竞争壁垒;各大平台正在积极搭建免费内容库,未来免费阅读本质上还是内容吸引力的竞争。

主攻下沉市场的免费阅读模式内容打破了粉丝对作者创作的约束机制,更追逐时下热点和点击量,往往更偏向于爽文风格,同质化倾向较为严重。以2020年大火的"赘婿"题材为例,根据某平台统计,在此类题材流行度较高的时期,一个月内热度上升最快的前十部作品中,赘婿题材占30%,成为免费模式男频小说的主流题材,内容也以"主角入赘受欺压,最后反转打脸"为主。虽然这种做法能够帮助作品在短期内获取一定流量,但是长远看,并不利于平台丰富自身内容生态,建立竞争壁垒。同时,内容同质化也导致了平台用户黏性低,埋下用户快速流失的隐患。为防患于未然,字节跳动于2020年先后与中文在线、塔读文学、掌阅科技等网文公司达成版权合作或投资入股,持续为旗下番茄小说扩充内容库。阅文集团一方面战略投资中文在线,另一方面上线面向免费阅读市场的内容创作平台昆仑,搭建免费内容蓄水池。可以预见的是,未来免费阅读赛道重心仍在差异化和有吸引力的内容生态方面。在内容库扩容之外,如何建立可持续且高质量的免费内容创作机制,将是各平台长期思考的问题。

免费内容短期内缺乏生产头部IP的机制与能力,但2020年在短剧领域进行了改编的尝试和探索。受限于内容单一且同质化严重等问题,在行业看来,免费阅读平台很难生产出具有开发改编价值的IP,尤其是具有动漫、影视化等改编潜力的内容。

中国电影家协会编剧教育工作委员会与北京电影学院中国电

影编剧研究院联合发布的《2019—2020年度网络文学 IP 影视剧改编潜力评估报告》显示，2019—2020 年度网络文学 IP 影视剧改编潜力作品排行中，上榜 IP 几乎都来自阅文、掌阅、中文在线、晋江等付费阅读平台。

2020 年，包括米读、七猫在内的部分免费网文平台选择短剧化的方式进行改编尝试。由于几分钟一集的短剧主要以"短平快"的爽点吸引用户，对网文内容深度要求不高，如今越来越多的免费网文平台开始了短剧化探索。

二 免费阅读与付费阅读融合发展优势显现，成为行业重要发展趋势

如何突破现有免费阅读的局限，越来越多的平台开始探索免费阅读模式未来的发展路径及空间。其中，付费阅读与免费阅读融合发展，已经成为单一免费阅读模式"破局"的趋势。综合各平台表现，付费阅读与免费阅读融合发展的优势主要体现在以下几个方面。

一是充分挖掘作品的阅读价值，延长作品的价值生命周期。作品在连载期可以面向付费阅读用户以订阅的方式获取收益，随着作品完结，内容则可以在适当的时候开放给免费阅读用户，并通过广告变现等形式获取更多收益，从而延长作品的阅读收益期。以网络文学早期的经典作品《斗罗大陆》为例，作品连载期间通过用户的付费订阅获取收益。随着作品完结，《斗罗大陆》则主要通过挖掘 IP 价值进行作品改编。在 2020 年，这部作品向用户开放了免费阅读权限，仅半年左右时间，作品在 QQ 浏览器单一平台的阅读数便超过 1000 万。除此之外，包括《庆余年》

《武动乾坤》等一大批经典作品在开通免费阅读后，均激活了作品的"二次收益期"。

二是覆盖更大规模用户群体，提升作品热度，丰富收益方式。2020年起，开始有作者尝试付费渠道及免费渠道同时开放，通过覆盖更大规模的用户群体，提升作品热度及话题性，丰富作品收益方式。其中，谋生任转蓬创作的《我的徒弟都是大反派》连载期间长期占据起点畅销榜TOP10，广告渠道单月收入超过20万元，成为双边爆款，作者本人也凭借该书影响力入选2020年度网络文学"十二天王"之一。同时，通过覆盖更大规模的用户群体，提升作品话题性及热度也有助于更多优质IP的产生，并加大后续IP运营效率。

三是提升免费内容质量，促进多元化发展。随着付费阅读与免费阅读融合，将有越来越多优质头部内容免费开放给下沉市场用户及新晋用户，在满足用户多样阅读需求的基础上，提升了用户自身对于内容质量的要求。对于创作者来说，要求他们创作出更多高质量、新颖的优质内容，以往"蹭热点"获取流量的方式或将不再奏效。目前，《斗罗大陆》《庆余年》《斗破苍穹》《庶女攻略》等一批经典的付费作品开放了免费阅读权限，获得了免费阅读用户的喜爱。同时，为鼓励优质免费内容创作，番茄、七猫、昆仑等免费平台，引导和助力孵化优质内容。对于免费阅读创作者来说，这将有助于改变其创作内容单一、同质化严重的问题，并建立内容竞争壁垒，提升用户黏性，推动平台更加健康发展。

我们看到，免费阅读给网络文学行业带来的"鲶鱼效应"，让免费阅读的问题与发展潜力同在。变化中孕育发展，竞争中蕴藏升级。长远看，免费阅读和付费阅读将长期并存，在融合效应下，或为行业带来新的化学反应。

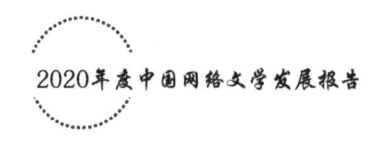

第二节　新媒体文发展趋势

　　新媒体文作为网络文学付费模式的另一趋势和"新生物"，随传播媒介更迭而诞生。它主要通过微信、浏览器等渠道进行推广，受众以接触网络文学时间不久的下沉市场用户为主，其内容题材也偏向于快节奏的内容。2020年，因其媒介特点带来的新趋势有所显现。

　　推广渠道众多、用户覆盖广的优势得到进一步释放。新媒体文突破了过往集中在网文平台的"付费"，将触角覆盖到更广泛的"新媒体"中，进而获取了更大范围的用户和更高的收入。阅文集团数据显示，2020年作者风会笑单月单本新媒体稿酬高达482万元；作者牧童听竹单本单月稿酬连续数月过百万元，2020年全年新媒体稿酬超过千万元；作者百里龙虾，半年时间内新媒体稿酬涨幅高达四百多倍。

　　但与此同时，新媒体文与免费阅读面临相似的局面——新模式打破了传统粉丝对作者的约束，创作更追逐点击和时下热点，最终可能影响文学创作整体质量。新媒体文本身存在着高度同质化的问题，常由于过于"博眼球"的内容而饱受诟病，影响了公众对网络文学整体的观感。因此，网络文学平台需要积极、迫切地探索解决方案。

　　长远来看，鼓励内容风格朝着多元化方向发展或可成为解决之道。2020年，新媒体文在都市、玄幻、历史、军事、现言、古言、女强等众多题材的优质内容开始显现。其中，男频历史题材作品《钢铁皇朝》、军事题材作品《最强兵王》，女频作品《夫人你马甲又掉了》等均取得良好成绩。

第四章 网络文学出海新发展

中国网络文学步入世界舞台，是中国文化走出国门、提升竞争力的重要契机。如何抓住这一历史机遇，将中国网络文学从"海外热"变成"海外名片"，为"构建网络空间命运共同体"和促进世界文明互鉴和文化交流，更好地发挥网络文学的作用，既需要网站、作家和译者等方方面面充分发挥积极性和主动性，也需要国家层面强化顶层设计，将中国网络小说的海外发展提升到文化强国战略高度，加大政策扶持力度与服务性保障。

第一节 国内作品出海规模

根据中国音像与数字出版协会发布的《2019中国网络文学发展报告》，从出海规模来看，截至2019年，国内向海外输出网文作品10000余部，覆盖40多个共建"一带一路"国家和地区。2019年翻译网文作品3000余部。

艾瑞咨询发布的《2020年中国网络文学出海研究报告》显示，2019年，中国网络文学的海外市场规模达到4.6亿元，海外中国网络文学用户数量达到3193.5万。

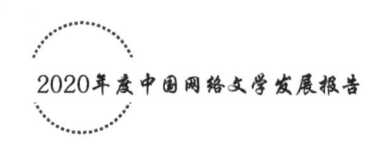

一 翻译出海规模

起点国际（WebNovel）作为国内互联网公司在海外率先实行付费阅读的文学平台，目前累计访问用户已超7300万。起点国际与以北美、东南亚为代表的世界各地的译者和译者组进行合作，上线超1700部中国网络文学的英文翻译作品。

中国网文得到越来越多的全球读者的欢迎与认可。在作品类型上，全面囊括玄幻、奇幻、都市等多元题材，内容丰富多样。如融合蒸汽朋克和克苏鲁神话等元素的《诡秘之主》；体现中国传统文化尊师重道的《天道图书馆》；来源于东方神话故事传说的《巫神纪》；弘扬中华传统美食的《异世界的美食家》；体现现代女性经营事业与爱情、自立自强的《青春从遇见他开始》；体现现代中国都市风貌和医学发展的《大医凌然》；讲述当代年轻人热血拼搏故事的《全职高手》；讲述奋斗崛起励精图治的《修罗武神》；等等，不胜枚举，在海外读者中都有着很高人气。

中国网络文学的读者几乎覆盖全球。"歪果仁"也爱边"吐槽"边刷文，用户活跃度不断上升。以起点国际为例，目前点击量超千万的作品近百部。读者通过在社区里评论、追更、了解作品文化，在线社区每天产生近5万条评论，评论区常常聚集大量的情节人物讨论，和对作品剧情走向的猜测。另外，通过平台上的词汇百科，读者还可以轻松了解八卦、太极等网络文学中常见的东方文化元素，了解当代中国的各种网络文化。

二 IP改编出海

目前，网文IP改编出海已初具规模。在"一带一路"文化交流上，网文IP改编作出了可喜的贡献。例如热门IP改编作品《择天记》曾作为入选"一带一路"蒙俄展映推荐片目中唯一古装剧，在俄罗斯进行展映，受到特别关注。此外，《扶摇》《武动乾坤》《你和我的倾城时光》《黄金瞳》《知否？知否？应是绿肥红瘦》等，具有相当热度，覆盖全球数十个国家和地区，在YouTube等欧美主流视频网站及东南亚地区各大电视台热播。如《全职高手》《天盛长歌》等，登陆海外知名媒体平台奈飞（Netflix），进入全球千家万户。IP改编将文字通过影视化等形式更加立体、丰富地呈现，通过更多视觉语言展现中华文化的深厚底蕴。国内爆款IP改编剧《庆余年》英文版"Joy of Life"，海外发行涵盖五大洲多个新媒体平台和电视台，YouTube社区里，范闲、庆帝等角色，获得数十万点赞和数千评论，海外粉丝一边看剧一边讨论中国传统文化。《庆余年》在Rakuten Viki平台播出后，成为同期播出的华语跟播剧第一名，用户评分平均高达9.7分（满分10分）。网络文学让中国文化传播做到了"润物无声"。

除经久不衰的实体书海外出版发行外，不仅是成熟的IP改编作品走红海外，IP改编版权和电子版权也越来越受欢迎。

第二节 海外原创生态与特点

一 海外网文读者和作者特点

海外在线阅读的主力消费人群是19—30岁的年轻人。在数字阅读消费者中，北美男性和东南亚女性占比更高。起点国际自2018年4月开放海外创作平台以来，吸引了来自全球超10万名创作者，已创作原创网络文学作品超16万部。从区域分布来看，东南亚和北美的作者占比最大。从性别分布来看，海外作者中女性占 57.8%，男性占 42.2%。从年龄分布来看，25 岁以下的年轻人是创作主力。分析海外作者的创作动机、兴趣和初始的故事创作欲望是驱动创作的主要因素，而成为专职作家、作品改编和出版书籍亦是作者持续创作的主要动力。

二 海外原创作品特点

从海外原创作品类型整体分布来看，奇幻和言情是作者创作最多的类型。其中，女性作者最爱的类型是言情、奇幻和魔幻现实；男性更偏向于奇幻和魔幻现实，其次是科幻、言情和电子游戏类。中国网文出海的翻译作品与海外用户的创作影响呈正相关。

三 海外作者培养机制

基于全球作者的需求，中国网络文学企业正在把本土的作家培养机制，包括作家学院、作家激励、作家运营等带到海外，帮助更多的作者成为有专业水准、可持续投入的专职作家。通过创作获得收入正在推动全球作者生活的改变。例如，菲律宾作家 The Blips，她的代表作品 *The Villain's Wife* 获得起点国际在菲律宾举办的 Webnovel Spirity Awards 春季赛季的冠军。作品受到众多读者欢迎，使作者从全职主妇成为家庭经济支柱。菲律宾国际书展期间，马尼拉知名电视台将其作为社会标杆进行宣传。

中国网络文学起始于当代科技飞速发展和传统文学迭代更新，博采中外文艺之长，广聚新旧媒介之利，已形成与美国电影、日本动漫和韩国电视剧并驾齐驱的"世界文化奇观"。如今的网络文学,不仅具备传统文学人心相通的"共情力"、声应气求的"感染力",还拥有超越时空的"传播力"和无远弗届的"影响力"。众多走出海外的优秀网络文学作品,不仅对创意产业全球化和IP开发多样化发挥着推动作用,而且对"构建人类命运共同体"起到鼓舞人心、凝聚共识的促进作用。令人欣慰的是,网文出海的强大优势不仅体现在"讲好中国故事,发出中国声音",而且体现在缩小国际形象"自塑"与"他塑"的差异,推动文化交流从"各美其美"走向"美美与共"。

带有跨文化传播基因的中国网络文学,正在推动"中华文化走出去"、促进全球文明互鉴和文化交流,凸显出不可替代的重要作用和价值。

第五章 网络文学IP开发新趋势

"IP"已经成为新文化产业的增长引擎,影响力和经济效应不断放大,IP也逐渐成为文娱产业从业者的发力方向。网络文学以丰富的内容储备、多元化的叙事品类以及较低的创作成本优势为其他艺术形态的改编奠定了良好基础,成为数字文化产业的活水之源。

新华社瞭望智库发布的《面向高质量的发展：2017—2018年度IP评价报告》显示,当年度共计274个国内互联网文化IP中,网络文学原生IP占比最高,达27.7%。除在文娱产业渗透率不断走高之外,2020年,网络文学IP呈现出改编形式多元、改编链路耦合、改编题材焕新的三大趋势。

第一节 网络文学改编形式多元化

从过去几年的开发路径看,网文IP改编形式以动漫、影视、游戏为主,完成对"文漫影游"链路覆盖,2020年,这一路径得到进一步强化。

据骨朵国漫数据统计,2020年快看漫画、腾讯动漫、小明太极旗下平台、哔哩哔哩漫画四家漫画平台中，头部小说改漫画的年收藏数达到200万级别。除哔哩哔哩漫画外，其余各漫画平台的头部作品中，小说改编漫画的比重在30%以上。

在数量占比不断提升的同时，网文IP动漫改编作品质量也在提高。《凡人修仙传》《武动乾坤·第二季》《星辰变·第二季》《天官赐福》等作品豆瓣评分均在8分以上。

影视化方面，《2020网络文学IP影视剧改编潜力评估报告》显示，在2018年、2019年共309部热播影视剧中，由网络文学IP改编的作品有65部，约占21%；而热播度最高的100部影视剧中，这一占比高至42%。

在动漫和影视改编之外，近年来音频以及短视频行业快速发展，占据用户时间陡增，需要大量内容填充满足用户需求。将网文改编成音频、短视频内容成为平台首选，网络文学IP开发有了更多维度补充。

艾媒咨询《2020年中国有声书行业发展趋势研究报告》显示，2019年中国有声书行业市场规模为63.6亿元，2020年预计有声书行业发展将进一步增速，行业规模将达到95亿元左右，增速接近50%。而市场规模增大的原因与大量网络文学IP改编为有声书有直接关系。艾媒咨询分析认为，有声书用户更偏好轻松娱乐类的内容，网络文学和类型小说是其中的热门产品。

在此基础上，越来越多音频平台以及音乐流媒体平台开始选择与网络文学IP方合作，共同发力网文有声书市场。阅文以及其他主要网络文学平台，均将与不同音频平台达成合作作为主要业务板块之一，共同开拓长音频领域有声作品市场，并时有爆款作品出现，为有声书改编市场的发展壮大提供了成功数据。

2020年，在音频有声书之外，短剧成为网络文学改编的另一热门赛道。尽管免费阅读在短期内缺乏孵化 IP 的能力，但其短平快的内容符合短视频内容市场的需求，在 2020 年作为一种现象出圈，如"赘婿""龙王"系列等魔性的网文平台短视频广告爆红。据不完全统计，自 2020 年起，以抖音、快手、微视为主的短视频平台一方面制订了相应的"微短剧创作者扶持计划"，另一方面也与各大网络文学内容方达成合作开发协议。如快手联合米读达成短剧开发战略合作；腾讯微视也与阅文集团、腾讯动漫、腾讯游戏等达成"火星计划"，共同推动网文改编竖屏短剧产业的发展。随着免费阅读市场未来的成熟、IP 孵化能力的进一步提升，可以期待，短剧市场将迎来真正的 IP。

第二节 IP 改编链路趋向耦合

中国文化产业已基本完成现代产业布局，"文漫影游"联动等 IP 文化生产思维已成为网络文学产业 IP 开发的共识，行业进入全新的发展阶段。从过去几年的开发路径和案例来看，行业工业化水平仍需不断提升，如何以 IP 思维共建内容生产仍在摸索中，网络文学与其他各个形式的开发环节相对较为分散和独立，集体抗风险能力偏低。2020 年，以影视行业为代表的 IP 开发产业链路开始意识到通过产业耦合提升抗风险能力的重要性。网络文学头部企业依据自身优势，引领了网络文学 IP 产业与内容产业链耦合态势。

2020 年，以阅文为代表的网络文学平台正在通过以腾讯影业、新丽传媒、阅文影视组成的"三驾马车"及"300 部网文漫改计划"等方式，打通 IP 在不同阶段下的运营开发形式，实现 IP 从网文到动漫，动漫到影视、游戏及衍生品的精细化运营，建立系统、高效的机制，强化内容产业链耦合，实现高质、高效的网络文学 IP 改编。

在此运行机制下，IP 爆款作品《庆余年》在腾讯视频和爱奇艺双平台总播放量突破 130 亿次，一举摘得 2020 年上海电视节"白玉兰奖"两项大奖。同样在这套体系下改编的《赘婿》也成为 2021 年开年首个爆款，据数据统计，《赘婿》自 2 月 14 日开播以来，仅 10 个会员更新日期间，爱奇艺热度值最高达 10745，创下爱奇艺史上热度值最快破万剧集纪录，成为 2021 年首部爱奇艺热度值破万的剧集。

另外，随着《赘婿》影视剧的热播，也带动了原著热度的提升，原著日均阅读人数提升近 17 倍，"书影联动"效应进一步放大——影视剧不断加强 IP 向心力，真正形成书到影视、影视到书的"互粉"效应。剧集播出期间，"起点读书 App"内将原著"加入书架"的新增读者单日最高超 10 万人，说明影视 IP 进一步提升了原著影响力，书影联动实现了 IP 粉丝的固本纳新。

第三节 改编题材优势类别表现突出

影视剧一直是网络文学 IP 改编的重要领域。2020 年的网络文学影视改编开发中，在古代言情、历史、玄幻等传统优势题材之外，幻想类以及现实题材作品愈加受到影视改编方的热爱。

过去国内工业化能力不足，成为新幻想类题材改编的痛点。就幻想类作品的特点而言，改编中要制造出可信的陌生世界，需要较高成本投入和工业化影视制作技术。随着《流浪地球》《鬼吹灯之龙岭迷窟》等影视剧的成功，我们欣喜地看到国内影视工业化逐渐成熟，为后续幻想类 IP 开发打下了良好基础。

2020年8月，国家电影局、中国科协联合印发《关于促进科幻电影发展的若干意见》，提出将科幻电影打造成电影高质量发展的重要增长点和新动能，明确了对科幻电影创作生产、发行放映、特效技术、人才培养等加强扶持引导的10条政策措施，被业界称为"科幻十条"，为幻想类网文改编提供了政策指导。

随着《大江大河》《山海情》等剧集的走红，现实题材乃至主旋律题材影视剧被越来越多观众认可。《2019—2020年度网络文学IP影视剧改编潜力评估报告》中"2019—2020网络文学IP影视剧改编潜力榜"显示，上榜的46部网文作品中，现实题材占据16部，占比超过1/3。其中《大国重工》《上海繁华》《我的消防员先生》分别获得"个体激励"单项的最高分。由此看出，现实题材网络文学改编影视剧已获行业普遍认可。

第六章 网络文学版权保护新进展

第一节 网络文学盗版损失规模

随着法律法规政策的完善、管理部门执法力度的不断加大，国内网络文学平台坚持不懈地开展维权行动。但信息网络、人工智能等互联网新技术带来的盗版隐蔽化、移动化等问题，正在带来更多正版维权挑战。根据艾瑞咨询模型核算不完全统计数据，2019年中国网络文学总体盗版损失规模为56.4亿元，其中移动端网络文学盗版损失规模为39.3亿元，呈现明显的反弹上升迹象。而据笔者一对一深入访谈的定性调研，不少业内人士反映，事实上，损失远高于可统计到的数据，"盗版阅读的数量可能是正版的十倍以上"。

第二节 盗版侵权新趋势：移动化、跨境化、产业链化

一 移动化

近年来，网络文学侵权盗版逐渐由PC端向移动端转移。中

小型盗版网站通过移动端的搜索引擎、浏览器入口、应用市场，以及 H5 小程序、社交媒体、营销自媒体等多种形式传播，成为移动端侵权盗版行为的主要表现形式。

二 跨境化

随着网文出海的迅速发展，由于盗版成本低、获利高，一大批境外文学翻译类网站，以为国外网文爱好者提供外文版的中国网络文学为名，在未经许可的情况下大量翻译国内优秀网文作品，以谋取巨大的网站流量、广告收入和其他经济收益。据保守估计，某知名欧美地区网站依靠上述侵权模式，每年可获利数千万美元。

以起点国际排名前 100 部热门翻译作品为例，在海外用户流量排名前 10 位的盗版文学网站中，对这些作品的侵权盗版率高达 83.3%。严重损害了国内网络文学企业、权利方利益，也阻碍了中国网络文学海外市场的开拓与发展。

三 产业链化

网络文学盗版已经形成了完善的产业链，专业化盗版网站通过技术手段或者"盗打"方式，获取正规网络文学站点不断更新的正版内容，盗版网站以搜索引擎、浏览器主页为推广途径，引导用户点击，从而获取网络流量，同时在阅读和下载页面内嵌广告，赚取巨额广告收入。最后，搜索引擎、广告联盟与盗版网络文学网站按照一定比例共享灰色收益。体系化、规模化的利益链条使侵权盗版行为有利可图，故而难以根除。

第三节 对版权保护工作的建议

要加强网络文学版权保护，需要联合权利人、平台机构、行业组织、行政、执法、司法等多方力量协同合作，形成尊重原创、打击侵权、依法维权的共识合力，培养全民尊重版权的意识，采用区块链等新技术来共同推进。

一 推进新《著作权法》落地实践

2020年11月，第十三届全国人大常务委员会第二十三次会议表决通过了关于修改著作权法的决定。将于2021年6月1日起施行的新《著作权法》，完善了网络空间著作权保护的有关规定，特别是大幅提高侵权法定赔偿额上限和明确惩罚性赔偿原则等，对进一步推进创作者维护自身合法权益起到积极作用。

过往，整体网络文学侵权案件的判赔数额，不足以弥补权利人的损失，加之漫长的诉讼周期，整体上难以给侵权人造成实质压力。新修改的著作权法规定了一系列惩罚措施，大幅提高了侵权违法成本。故意侵权、情节严重的盗版行为，可适用赔偿数额一倍以上五倍以下的惩罚性赔偿；权利人的实际损失、侵权人的违法所得、权利使用费难以计算的，由人民法院根据侵权行为的情节，判决给予五百元以上五百万元以下的赔偿。

除此之外，新《著作权法》还在作品概念、技术措施等方面进行了条例修改完善。进一步全面推进著作权保护。深受侵权盗版戕害的网络文学行业对新《著作权法》充满期待。

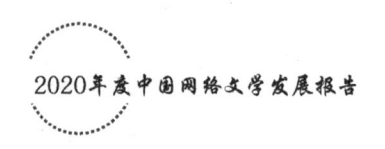

二 加强政企合作，发挥行业联盟作用

目前，盗版行为正朝隐蔽化、地下化发展。一是盗版技术隐蔽化，如网络文学作品盗链、聚合转码类盗版网文 App 等，使对网络文学侵权盗版行为的打击和追责更加困难；二是盗版行为地下化，诸多侵权盗版者，将主要人员及服务器均设置于境外，用以逃避国内维权与监管，打击起来十分棘手。

盗版 App 广泛传播的另一重要原因，是各类应用市场缺乏有效的资质审查机制，这同时也给维权工作带来了较大阻碍。首先，大量不具备网络文学作品经营资质的企业，得以通过平台方的资质审核，上架盗版阅读类软件，说明平台方存在明显的资质审核漏洞；其次，当前很多应用市场平台还存在以个人名义上传、发布应用软件的情况，对权利人的维权工作形成极大阻碍。

当前，行业版权保护工作中面临的中小型盗版网站清理难、侵权投诉质效低，以及海外维权难等诸多困境，都亟待政府主管部门关注和指导。建议加大对以网络文学为对象实施的侵犯著作权犯罪刑事打击力度，对配合提供盗版技术支持的相关单位依法追究相应责任，提高违法犯罪成本。监管部门应与司法机关建立密切的协作衔接机制，深挖灰色产业链条中的涉罪环节，形成精准打击合力。

同时，行业联盟加强合作，从平台监管审核、渠道分发等各个环节合力围堵，坚决抵制盗版产业链的滋生蔓延，不为任何侵权盗版网络文学作品提供接入、存储、搜索、链接等网络技术服务。

结　语

2020年，网络文学在新理念、新格局中实现了迭代与新生，如同破土而出的幼芽，渴望沐浴阳光和雨露。尽管网络文学行业依然会面临诸多困难，然而网络文学在作家读者、内容生态、商业模式、IP开发、版权保护等方面的新变化和新趋势，预示着网络文学的下一个春天已经到来。

幼芽的成长日新月异。网络文学的"迭代"发展，不仅是简单的量变，更是在过往成熟的产业模式之上，摆脱旧有的桎梏，生长出新的可能：更年轻有朝气的作家读者，更蓬勃有活力的内容生态，更灵活有动力的新兴商业模式，带来新增量与新蓝海；海外作家新生态、IP开发新产业、版权保护新法规……这一切的新生，都为网络文学披上了焕新光彩。同时，迭代蕴含着新的探索和尝试：平台和作家关系的新探索，免费阅读发展的新尝试，IP产业走向耦合的新路径……这一切的迭代，对于发展20余年的网络文学产业来说，是走出舒适区的涅槃重生。

站在两个100年的交会处，站在庆祝中国共产党成立100周年的历史丰碑前，我们为之奋斗的网络文学行业，以沉甸甸的果实，展示着过去；同时，也站在"十四五"规划的开局之年，站

在历史的新起点，讲述着未来。

2020年，对网络文学行业来说，我们有理由乐观：国家政策深入人心，市场技术不断创新，产业模式持续拓展，内容发掘不断深化。对网络文学从业者来说，我们有理由为自己点赞：在一路艰难奋进中，"用爱发电"，勇敢"破圈"，于先机中寻觅生机，于困局中率先破局，展示了网络文学从业者的决心和能力，以及前行的信心和勇气。

"等闲识得东风面，万紫千红总是春。"不知不觉间，新的春天已经来临。春天里的网络文学，作为当代文学的"后浪"，历经变化、探索、尝试和迭代，奋力迎接外部环境和内部发展的双重挑战。网络文学行业，必将为文化强国建设作出新的贡献。

《网络文学发展报告》课题组

总撰稿：

肖惊鸿　中国作协网络文学研究院副院长

总统筹：

陈定家　中国社会科学院文学研究所研究员

撰　稿：

汤　俏　中国社会科学院文学研究所副研究员

杪　椤　中国社会科学院文学研究所高级访问学者

周兴杰　中国社会科学院文学研究所博士后、贵州财经大学教授

王文静　中国社会科学院文学研究所高级访问学者

郑　薇　中国社会科学院文学研究所高级访问学者

2021中国网络文学发展研究报告

引言　网络文学是大众创作、全民阅读的中国故事

中国网络文学经历20余年的蓬勃发展，已从"小众创作"成长为今天成规模、成体系且有世界影响力的文化现象。"从总体上看，今日的网络文学已经改变了整个中国当代文学的发展格局……中国的网络文学在世界上独树一帜，打造了世界网络文学的'中国时代'。全世界没有哪个国家的网络文学能像中国这样发展得这么快，这么繁荣，这么有影响，成为一个产业，构成一个强大的社会文化现象。"①

2021年，伟大的中国共产党成立100周年，中国全面建成小康社会，网络文学进入了一个十分重要的转折点。伴随"十四五"开局，党的十九届五中全会提出的到2035年建成文化强国的远景目标开始实施，网络文学被赋予用情、用力书写中国故事，推进、助力全民阅读的新使命与新任务，展现出应有的社会责任和文化担当，呈现出继往开来、气象一新的风貌特质。

第一，2021年，大众创作推进"题材转向"，网络文学成为

---

① 欧阳友权：《网络创作能否打造文学经典》，《上海文化》2021年第8期。

反映当下时代生活和社会思潮的一面镜子。在时代的召唤下，党的百年奋斗路、脱贫攻坚和乡村振兴战略、"一带一路"和人类命运共同体、抗击新冠疫情等成为网络文学直面和聚焦的重大社会命题；在社会综合力量的引导下，各行各业一线从业者涌入创作队伍，用网文记录行业发展、时代风貌，侧写中国当代的经济腾飞与科技发展，彰显中国精神，展现中国气象。网络文学成为大众创作、普通人记录中国故事的重要手段。科幻、现实题材增速飞快，与玄幻、仙侠、历史等品类逐步成并驾齐驱之势，网络文学内容题材多元化格局业已形成。据阅文集团数据，过去五年现实题材复合增长率达34%，2021年增速为全品类TOP5；与此同时，科幻题材伴随多年高增长，2021年新增作品数量为品类TOP5，已成网络文学五大品类之一。

第二，2021年，网络文学已是全民阅读的重要组成部分，并持续为其注入新活力。网络文学是大众创作、全民阅读的中国故事，在文学阅读和数字阅读市场占有绝对优势。第49次《中国互联网络发展状况统计报告》显示，截至2021年12月底，我国网民总规模为10.32亿人，互联网普及率达到73.0%，互联网应用规模位居世界第一，网络文学用户总规模达到5.02亿人，较去年同期增加4145万人，占网民总数的48.6%，读者数量达到了史上最高水平。网络文学是年轻人爱看的中国故事，读者中"Z世代"持续涌入，为全民阅读注入活力和新生力量。据阅文集团数据，起点中文网2021年的新增用户，"95后"占比超60%。便捷传播的"好故事"飞入千家万户，有效拓展了社会数字阅读的广泛性、精品化和可能性，网络文学在全社会精神文化生活中发挥着越来越重要的积极作用。

第三，2021年，网络文学海内外影响力持续攀升，成为讲述

引 言

网络文学是大众创作、全民阅读的中国故事

中国故事、建构和传播中国形象的重要载体。一方面，网络文学生产机制进一步优化，全行业呈现出可持续发展的强劲动力，网文 IP 的全链路开发，跨时代的 IP 生命力，有效地释放了其文学价值和商业能力，彰显了网络文学跨文化领域、跨媒介传播的张力，为影视、动漫、游戏、有声读物等提供优质内容，为下游文化产业的高质量发展夯实了基础，实现了立体化传播和影响力指数级增长。另一方面，互联网使网络文学向世界敞开，瑰丽的想象、精彩的故事、强烈的代入感吸引了世界五大洲的读者，海外用户数量超过 1 亿；从内容出海到生态出海、从文字出海到 IP 出海，网络文学成为外国人了解中国、学习中华文化的重要渠道；具有文化原创性的中国网络文学创作生产模式"成套"输出，有 20 多万名外国作者开始使用自己的母语在中国网络文学海外网站创作小说，海外原创小说上线近 40 万部。

本报告立足中国网络文学现场，以重点网站、作品和作家为样本，以平台和调查机构公开数据、平台技术抓取统计和课题组调查数据等为支撑，对网络文学的发展特征、脉络、走势等年度综合情况进行分析和判断，展现网络文学的发展成就和经验，客观评价网络文学的发展质量和社会贡献，摹画出全行业年度发展状况的全息画像，为全社会了解网络文学发展现状提供帮助。以下，将从文化责任和内容题材变迁、作家读者变化、版权保护近况、网文 IP 产业发展和网文出海进展五个维度，综合阐述网络文学 2021 年度的变化与特征。

第一章　网络文学实现题材转向，
　　　　现实、科幻内容崛起

在新时代的吁求下，在国家、社会和平台多年号召、扶持和引导以及网络文学自身创新发展诉求等的共同作用下我们看到，网络文学表现出承接书写中国形象、中国故事时代命题的内容势能。2021年传递出了明确的"转向信号"：现实题材和科幻题材快速崛起，历史仙侠等传统题材表现出精神内核蜕变的力量，多元化内容格局已经成型。这并不意味着近几年来崛起的现实题材等一系列题材、类型相对细分的网络文学作品，都是无视网络文学的创作传统与创作规律的"急就章"，事实上它们更像是对过往被遮蔽、被忽视的各种创作潮流的挖掘、改造与"再发现"，仍然是一种内在于网络文学发展脉络的创作实践。

　　如今，网络文学以其立足当下的现实题材，展望未来的科幻题材，继承传统文化元素的历史、仙侠题材和日益攀升的海外影响力，成为"讲好中国故事"的重要文化载体之一。

第一章
网络文学实现题材转向，现实、科幻内容崛起

第一节 网络文学成为普通人记录当代中国的重要载体

面对新的文化责任，网络文学对现实的关切程度达到前所未有的高度。现实题材以"小众"之姿、"黑马"之貌快速崛起，高速发展。根据阅文集团数据，现实题材2016—2021年五年内复合增长率达34%，位于全类目第二，也是2021年增速TOP5的品类。与此同时，第五届现实题材网络文学征文大赛共有19256人参赛，同比增长40.6%；参赛作品共计21075部，同比增长42.4%，参赛作者和作品数量再创历史新高。

随着征文大赛、创作培训等活动的举办，现实题材在网络文学创作中的影响力持续扩大，各行各业涌现出众多优秀的创作者。网络文学作者队伍展现了不俗的知识结构、专业水平和高学历倾向，并根据自己行业的实际经验，写出了更加多元、专业而立体的现实题材作品。例如，阅文集团"白金""大神"作家中，大学以上学历的人数超过75%，其中理工科占比超60%，包括教授、技工、律师、法官、军人、医生、编剧、白领等各类职业技术要求较高的种类，行业技术含量十分"硬核"。据统计，网文作家创作角色职业覆盖超过188种，医生、运动员和互联网从业者是网络作家笔下最青睐的三个职业。

现实题材写作呈现以特定的行业为背景，将主人公的职业发展道路与时代变迁、民族复兴相结合的趋势。继真熊初墨的《手术直播间》、手握寸关尺的《当医生开了外挂》相继完本之后，志鸟村的《大医凌然》也于2021年连载完结，救死扶伤的医生行业文热度持续走高；卓牧闲的《老兵新警》则将禁毒民警的日

常工作上升到国家安全的高度；留学于意大利博洛尼亚大学的"95后"新生代作家眉师娘首开《奔腾年代——向南向北》，聚焦改革开放后青年群体的成长奋斗历程，记录父辈入海南经济特区的打拼史；阿加安的《在阳光眷顾的大地上》描写中国工程人在非洲披荆斩棘二十年，推动中非合作和非洲工业建设的艰难历程与悲欢离合；人间需要情绪稳定的《破浪时代》讲述中国手机制造发展史；匪迦的《北斗星辰》倾情讴歌不为常人所知的导航卫星研发者科技报国的情怀；殷寻的《他以时间为名》为读者开启敦煌壁画修复领域的职业画卷；花潘的《致富北纬23度半》结合自身经历，书写科技扶贫；我本疯狂的《铁骨铮铮》、胡说的《扎西德勒》扎根基层现实、聚焦西部发展，致敬时代工匠、讴歌家国情怀。此外，更有为冬奥会发光发热、奔波忙碌的工作人员，计划将这一段宝贵的经历融入创作，写出一部以冬奥为背景的新书。

"行业文"原本就是网络文学、类型文学中的常见品类，早在题材转向之前就已经积累了大量忠实读者。这类作品往往兼具知识性与趣味性，擅长用引人入胜的故事带领读者探索一个个全新的职业体系，又或是以陌生而新异的工作环境为背景，讲述主人公们的爱恨纠葛。例如聚焦影视行业的《文艺时代》《制霸好莱坞》，描写钢铁行业的《重生之钢铁大亨》，等等。而当题材转向的浪潮自上而下、由外而内地冲击着整个网络文学产业时，"行业文"作为天然的现实题材作品便迅速地浮现出来。不过，相对于更强调娱乐性和故事性的传统"行业文"，题材转向之后的这批作品，由于明显地展现出对时政、民生等问题的关切，以"行业背景现实题材小说"称呼或许更为恰当。除此之外，广泛流行于女频网站中的"年代文"，也展现出对中华人民共和国成立后至改革开放时期中国当代史的描摹,以及对身处历史潮流中的普通人命运的关怀,呈现出网络文学题材转向的又一重路径。

2021年,网络文学现实题材创作展现出不俗的潜力。越来越多的一线工作者和亲历者用网络文学记录行业变迁和时代风貌,传播专业知识,汇聚成了中国当代故事的宽阔切面,勾勒出中国当下最火热的现实,绘制了壮丽多彩的时代画卷。这既是中国网络文学对中国梦的即时反映,也是站在新的历史起点上对全球视域下中国故事的多样性创新表达,更是文化强国战略中网络文学主动担当的时代使命。兼具现实性与专业性的大众创作成为网络文学现实题材中全方位记录、映射时代背景与社会心态的上佳承载。

第二节 网络文学的文化传承、媒介变革与内容创新

早在2015年,学界便梳理了网络文学的历史参照与文脉发端:"冯梦龙们→鸳鸯蝴蝶派→网络类型小说是有承传关系的中国古今市民大众文学链。冯梦龙们是木刻雕版时代的传媒,鸳鸯蝴蝶派是机械印刷时代的传媒,而网络小说是去纸张、去油墨化时代的传媒。它们与科学技术的发展也是相对衬相呼应的。……如果再往古代追溯,网络小说实际上是上承变文、志怪、传奇、话本、明清小说、鸳鸯蝴蝶派和金梁古、琼瑶为代表的港台通俗文学的轨迹,而它又比前辈眼光更为阔大,还嫁接了日本动漫、英美奇幻电影、欧日侦探小说等多种国外元素,就渊源之深广复杂而论并不在纯文学之下。"[①] 网络文学作为一种通俗文学类型,

---

① 范伯群、刘小源:《通俗文学的传统与网络类型小说的历史参照系》,《中国现代文学研究丛刊》2015年第8期。

即使生于网络兴于网络,在媒介传播、创作方式和叙事结构上与传统文学有天翻地覆之别,依然不妨碍其创新表达和精神内核中对优秀传统文化的承续与弘扬,中国古典文学的基因根种其中。

直到今天,武侠依然是网络文学中的重要类别,而由武侠小说裂变而来的玄幻、仙侠等类别佳作频出。如果说,过往《风起陇西》《雪中悍刀行》《后宫·甄嬛传》《绾青丝》《琅琊榜》时期的网文作品,是对古典文学高超艺术成就和审美无意识的认同和模仿(模仿《红楼梦》或金庸武侠),那么 2021 年网络文学对传统文化的继承和发扬则有两大显著特点。

第一,主动调动传统文化宝库和古典文学资源,将传统文化与现代精神相结合。以男频为例,言归正传的作品《这个人仙太过正经》以《山海经》等神话传说为故事背景,用网络文学诙谐幽默、"思想迪化"、现代化的语言和讲述方式,对古代传说做了新解。无独有偶,起点中文网 2021 年连续 5 个月稳居悬疑类月票榜第一的作品《镇妖博物馆》,也融合了《搜神记》《山海经》《聊斋志异》等华夏千年的神话传说、志怪传奇,在现代都市语境下讲述精怪妖魔的故事。女频古代言情创作除社会风貌、历史背景、诗文辞赋、意象符号的继承外,写作手法也不断创新,将针灸、茶道、制瓷等更多非物质文化遗产融入主角的职业背景中,一方面在故事创作上更丰富细腻,另一方面对读者也起到了科普作用。如吱吱的《登堂入室》将制瓷技术的改革创新融入女主宋积云的成长故事;锦凰的《我花开后百花杀》融合了香学、茶道、美食、妆容等中华传统元素。

第二,主人公的个人奋斗与家国叙事相结合。"侠之大者,为国为民",中国的侠文化深受儒家文化影响,以行侠仗义、救国救民、匡扶百姓为精神内核。但在以《诛仙》《斗破苍穹》为代表的仙侠、玄幻小说中，为了自我理想而奋斗，"逆天改命"成为侠文化的另一个意义层面，这与"80后"追求个人奋斗的时代背景息息相关。但随着年青一代在大国崛起的叙事中成长起来，国际局势的变化提升了民族自豪感，网络文学的侠义精神和包裹在古典表达下的精神内核也发生转向，主人公的个人奋斗再度与家国叙事相结合。千桦尽落的现象级古言作品《嫡长女她又美又飒》，塑造了新版名门女将的群像，展现了众多忠君爱国、坚守民族气节的人物，唤起了年青一代读者对家国命运的关注。该书在书粉圈和行业中都大获好评，荣登艺恩数据评选的2020年阅文女频年度好书推荐榜，2021年阅文年度好书榜单女频TOP1。

当网络文学成为中国传统故事创新表达的载体之一，网络文学对传统文化的继承、延续与创新，也就不仅停留在文字和故事层面，而深入了精神内核中，这不仅有利于知识的普及，也使基于传统文化知识内化的人文精神和价值观对读者产生了正向的影响。

第三节　科幻网络小说的多样化发展与精细化运营

网络文学发展史中另一个值得关注的现象，则是科幻题材网络小说的崛起。作为一个曾经看起来与网文"无关"，很难适应网文创作方式的小说类型，科幻小说在题材转向的冲击之下，实现了逆势增长。根据阅文集团数据，2021年科幻作品新增数量位居全品类TOP5，科幻已成网络文学五大品类之一。

从内容上看，科幻网文已经成为科幻小说本土化的重要路径之一，是中国科幻故事的重要组成部分。

在过去的 5 年间，仅阅文集团旗下的网站，创作科幻小说的作者数量增长 189%，达到 51.5 万人次，其中，"90 后"作者占比超过 70%。除了作者群体的壮大，科幻题材网络文学的创作成绩也十分瞩目。据统计数据，2021 年，超 22% 的阅文头部作家创作过科幻作品，有多部科幻或科幻相关题材的作品登上起点月票榜前十。例如，会说话的肘子《夜的命名术》打破多项平台纪录；爱潜水的乌贼以游记式的松散结构构筑新型科幻作品《长夜余火》；黑山老鬼《从红月开始》描摹人类精神困境的新奇象征；而天瑞说符的《我们生活在南京》更是斩获了中国科幻小说最高奖项"银河奖"，这也是他继《死在火星上》之后的又一部荣获银河奖的作品。

科幻小说在网络文学界的逆袭，一方面显然受到热门科幻小说《三体》和现象级电影《流浪地球》的影响；另一方面，尽管科幻小说是明显的幻想题材，似乎与现实主义相抵触，但事实上科幻小说和现实题材作品都与科学理性有着极为深刻的关联，可以说是同根同源。因此，将科幻小说的崛起视作题材转向浪潮的重要组成部分，是毫无问题的。题材的繁荣不仅体现在作品上，也反映在商业动向上。2021 年 12 月 28 日，起点中文网发布公告，为鼓励题材多元化发展，有针对性地扶持"硬科幻"，起点将原有的科幻品类拆分为科幻与"诸天无限"，使"诸天流"和"无限流"这两种包含科幻元素，但又和传统意义上强调科学创意和技术理性的"硬科幻"相距甚远的网文类型，从原本的"科幻"品类中独立了出来。如同言情品类逐步拆分为古言、现言一般，对于平台来说，科幻品类也随着崛起和繁荣进入精细化运营阶段。

网络文学有全新的科幻话语体系，传统科幻母题在网络文学里生长出一系列新的融合写作方向，催生了众多优秀作品。如今，网络文学已是中国科幻的重要组成部分，展现了中国故事未来叙事的新可能。

第二章　网络文学推动全民阅读，Z世代引领新气象

网络文学发展初期，互联网媒介的嬗变降低了写作与阅读的门槛，带来了全民写作和阅读的井喷，收获了丰富的作品、巨大的经济效益和各方的关注，也成为千禧年后满足社会精神生活和文化消遣需求的重要内容出口。① 经历20余年的发展，网络文学在社会影响、经济效益和文化输出等方面都取得了引人瞩目的成就，成为中国当代文学的重要组成部分、全民阅读的重要内容供给，深刻影响了当下社会的阅读方式、文化传播和文化产业。如今，网络文学已是全民阅读的重要组成部分，并以其对Z世代的影响力，深刻影响着全民阅读的面貌和未来。

第一节　网络文学已是全民阅读的重要组成部分

网络文学在文学阅读和数字阅读市场占有绝对优势。第49次《中国互联网络发展状况统计报告》显示，截至2021年12月底，

---

① 黎杨全：《虚拟体验与文学想象——中国网络文学新论》，《中国社会科学》2018年第1期。

我国网民总规模为10.32亿人，互联网普及率达到73.0%，互联网应用规模位居世界第一，网络文学用户总规模达到5.02亿人，较去年同期增加4145万人，占网民总数的48.6%，读者数量达到了史上最高水平。

根据第三方机构QuestMobile数据，网络文学用户男性占50.70%，女性占49.30%，男女分布持平。从城市数据来看，网络文学在各线城市分布均匀，截至2021年11月，网络文学用户一线及新一线城市占24.81%，二线城市占17.92%，三线城市占24.69%，四线城市占16.57%，五线及以下城市占16%。其中，北京是网络文学用户最多的城市，其次是上海、重庆、广州、成都。从省份来看，山东是网络文学阅读大省，前五省份依次是山东、江苏、河南、河北、浙江。

网络文学培养了用户使用智能手机等电子设备、充分利用碎片时间开展阅读活动的良好习惯。而推广"全民阅读"的思路，也绝不只是"鼓励更多人爱上阅读"，"拓宽阅读行为发生的场景与时段"亦是题中应有之义。如今，网络文学的读者群体已经覆盖全国所有省份的不同地区，无论从读者的绝对数量还是分布范围来看，网络文学的"全民阅读"浪潮，已成不可阻挡之势。

第二节 "Z世代"读者成新增主体，引领网络文学新气象

从年龄分布来看，"95后"成为网络文学读者的新增主力，为全民阅读带来新增量。2021年，阅文旗下起点读书App新增用户"95后"占比超60%。Z世代读者作为"网生"一代拥有与生俱来的数字化生存体验，他们具有更为灵活、敏锐和前沿的网

感，和同年龄段的作者之间也更容易形成良好的互动关系，2021年，阅文全平台累计评论超100万的作品增长量，同比增长30%，起点读者在17万部作品中，创作了新的章评和段评内容。"埋梗"和书评、吐槽和"催更"，进一步调和着网络文学沉浸式的写与读。

当Z世代成为读者主力时，作为最贴近读者的文学形式，Z世代的行为方式、价值取向和精神特征也深刻影响了网络文学的内容构成和价值培育，呈现了与以往不同的风貌气象和精神境界。

首先，Z世代的网文审美更加多元，既爱读都市、仙侠、历史作品，也热追科幻、现实、轻小说。科幻、现实题材的崛起离不开社会的引导和作家的创新，更离不开读者真金白银的支持，创作数量的增多也是市场审美取向的转变。据阅文集团数据，科幻题材读者"95后"占比达六成，现实题材读者Z世代占比超四成。与2020年相比，科幻题材付费人数增长率位于全站第一。

其次，随着网络文学的精品化、主流化以及题材转向趋势显性化，阅读网络文学不再只是茶余饭后的消遣娱乐，而逐步成为Z世代的知识学习入口。有读者表示，会通过网文进入一个不太熟的领域。比如看完《鬓边不是海棠红》后，我又去读了大量科普书籍和老一辈京剧人的传记回忆录。读完刑侦缉毒的网文后，又去读了许多关于刑侦技术、犯罪研究的书籍。读完以某个朝代为背景的网文，再去读关于这个朝代的学术书会更容易进入。越来越多的读者，也会在评论区激烈探讨网文中涉及的"硬核知识"，比如晨星LL的《学霸的黑科技系统》激发"野生课代表"围绕"周式猜测""孪生素数猜想""角谷猜想"等自发整理知识点，答疑解惑，形成"科普氛围组"；很多书友在天瑞说符

《我们生活在南京》下，探讨无线电知识；有的读者在吱吱《登堂入室》的书评区里，贴上了书中引用的古代艺术品"象牙玲珑球"的样子。据阅文集团旗下起点读书App统计，仅2021年一年，"知识"这一关键词在书评区出现达13万次，"物理"出现7万次，"化学"出现1.6万次，连"高数"都出现超5000次。

最后，Z世代成长于崛起后的中国，民族自豪感表现更强烈，这既展现在网络文学的创作中，也蕴藏在网络文学的书评区内。除前文所述网络文学的家国叙事转向外，网络文学的读者也表现出了更积极的爱国情怀和民族自豪感。据阅文集团旗下起点读书App统计，仅2021年一年，"中国"一词在读者评论中累计出现超30万次，过去3年累计近百万次。"爱国"提及次数达1.5万次。在书评区，随处可见的是读者在作品情感的激发下表达出的对中国传统文化、科技发展等软硬实力的骄傲之情。如有读者给阁ZK《镇妖博物馆》留言："字里行间闪耀的，是民族五千年来思想碰撞、锤炼、铸造的光芒。这既是我们民族的历史，也是我们民族曾经的传奇。"也有书友在卓牧闲《老兵新警》的书评区表达对人民警察的敬意："没有人生而英勇，他们只是选择了无畏。他们用汗水、鲜血乃至生命，为国家安全、社会公共安全、人民生命财产安全筑起了一道坚不可摧的铜墙铁壁，用实际行动兑现了'人民公安为人民'的庄严承诺！今天是人民警察节，在这里我借书友圈向所有人民警察致敬！你们辛苦了！"

我们可以看到，Z世代的涌入深刻影响了网络文学的创作取向、精神风貌和价值功用。网络文学凭借其丰富的想象力、一线的互动交流和春风化雨的优势，不仅创造了年轻人最爱看的中国故事，发挥了文学作品的正向价值引导作用，也成为不断吸纳新读者、新作品，拓宽全民阅读疆域和内容的重要组成部分。

第三章 保护、激活创作生态成网络文学行业重点

2020年起,网络文学平台与作家关系发生转向,创作生态建设成为行业发展全新命题。保护、激活创作生态成为网络文学行业重点,创作端的活力本质上就是网络文学的生命力。年轻作家的创作活力、提升中腰部作家的创作潜力、版权的保护与治理等成为观察网络文学创作生态未来发展趋势的重要切口。

第一节 激发创作活力,"Z世代"成网络文学接班人

2021年,网络文学作家队伍年龄构成范围更加广泛,基本覆盖各个年龄段。上至年逾古稀、下至双十年华,都在网络平台连载作品。创作中坚力量持续输出,以爱潜水的乌贼、吱吱等为代表的"80后"头部作家依然以实力和人气备受瞩目;以会说话的肘子、榴弹怕水、老鹰吃小鸡、卖报小郎君、言归正传、锦凰、千桦尽落、叶非夜为代表的"90后"作家更是以亮眼数据和斐然成绩频频摘得桂冠。

第三章
保护、激活创作生态成网络文学行业重点

更突出的趋势是，年青一代网文作家——"95后"快速成长，以崛起之势成为网络作家中占比最多、增长最快的群体。中国作协网络文学中心发布的《2020中国网络文学蓝皮书》显示，"95后"已成为创作主力，自2018年以来，实名认证的新作者中"95后"占比达到74%。而阅文集团数据显示，2021年阅文新增作家中"95后"超八成，2021年网络文学榜样作家"十二天王"中近半数为"95后"，2021年作家指数TOP1000的新面孔中"95后"占三成，2021年新晋"大神"作家中四分之一是"95后"。2021年7月，中国作协网络文学中心还特地面向"90后"网络作家开设青年创作骨干培训班，32名来自全国各地的"90后"优秀网络作家参加了培训。2021年的中国网络文学影响力榜也针对"90后"作家特别增设"新人新作榜"，我会修空调、言归正传、柠檬羽嫣、耳东兔子、七月新番、浮屠妖、疯丢子、海胆王、萧瑾瑜、懿小如、枯玄等一批"90后""95后"作家一起入围。网络文学海外市场的数据也显示，年龄分布上，25岁以下的年轻人为创作主力。

由于新生代作家的兴趣偏好和关注领域愈加丰富和前沿，他们创作的作品也呈现出多元化、交叉化的特点。具体到创作内容生态上，则表现为过去一些较为小众的题材在"95后"创作中成为主流。除玄幻、悬疑、校园题材仍然持续走高之外，科幻、轻小说、电竞、二次元等类型特征明显的题材全面兴起，轻小说和科幻则跻身"95后"作家最爱创作题材TOP5，极大地丰富了网络小说的内容生态。

在一些传统题材的写作上，Z世代作家也很注意突破旧有框架，以创新变种的元素赋予经典题材以新面貌。比如"95后"作家轻泉流响的创新作品《不科学御兽》开创了"御兽流"的新写法,新生代科幻作家代表天瑞说符获中国科幻最高奖"银河奖"的作品《我们生活在南京》,被称为"完成硬核科幻成就唯美故事的'新科幻'实验"。

与此同时,不少年轻作家将笔触置于讲述中国故事的现实题材。生于1998年的眉师娘创作的《奔腾年代——向南向北》斩获第五届现实题材网络文学征文大赛特等奖,描写在1988年设立海南为经济特区的时代背景下,一群浙中小城的年轻人南下闯荡成为"闯海人"的故事。

与此同时,网络文学平台也十分重视年轻作家队伍、中腰部作家的建设与成长。例如2021年6月,阅文集团发布了全新的青年作家扶持计划,并提出"三个一倍"的发展目标。2021年底,阅文集团宣布,其中腰部作家数量增长超三成,更健康的作家生态已经形成。

第二节 加强版权保护,推动综合治理,促进有序繁荣

作家创作是网络文学的第一生产力。随着网络文学发展成为文化产业重要的IP源头,版权保护的成败直接影响着创作可持续高质量发展。由于数字化文本形态存在拷贝和转录的便捷,盗版现象一直是寄生在网络文学躯体上的一颗难以割除的毒瘤,不仅侵害创作生态,更侵蚀行业发展的根基。

一 盗版猖獗严重干扰行业发展秩序

盗版规模日益扩大,严重打击创作热情。《中国网络文学版

权保护白皮书2021》数据显示，2020年，中国网络文学整体市场规模为288亿元人民币，盗版损失规模同比2019年上升6.9%，达到60.28亿元，盗版损失规模占总体市场规模的21%。与此同时，85.4%的作家遭遇过侵权盗版事件，频繁遭受侵权盗版的比例高达42%。约60%的作家认为，侵权严重损害了创作者和平台双方的利益，并严重打击了创作者的创作热情。

盗版网站窃取正版内容的速度不断提升，扰乱创作秩序。借助技术升级，盗版行为秒速窃取、同步更新屡见不鲜。2021年2月IP改编剧《赘婿》热播，由影视带动了原著阅读热，阅文旗下平台原著日均阅读人数提升了近17倍。与此同时，盗版平台快速上线，有关"赘婿TXT"关键词的盗版链接，高达400万条。盗版平台通过搜索引流等方式将部分新增读者转化为盗版读者，更有甚者，盗版网站会抢先发布知名作者的新书，诱导粉丝阅读。

盗版传播违规内容，败坏行业声誉。除了盗版平台和移动端入口，盗版内容通过自媒体平台、网盘、微博、贴吧、论坛、公众号、TXT站点下载、问答网站、社群分享等更具有隐蔽性的渠道传播。这种隐蔽性的传播渠道使盗版网文平台成为传播违规、违法内容的温床，严重败坏了网络文学的社会声誉。

盗版黑产链条成形，治理难度加大。盗版平台往往在境外设置服务器，并形成了搭建网站、购买软件、获取广告、宣传推广、资金结算的完整黑产链条。在长期发展中，盗版平台积累了大量流量，依赖搜索引擎、移动应用市场、网络广告联盟等利益相关方变现，复杂的利益输送方式和链条增加了盗版治理的难度。

屡禁不止的盗版严重干扰了行业发展秩序，给网络文学以及

整个文化产业的可持续发展带来了不利影响。

二 进一步提高版权保护意识，加大监管力度、打击力度和宣传力度

2021 年，伴随依法治国基本方略的深入实施，依法打击盗版，实施综合治理，有效保护网络文学创作者、平台方以及 IP 开发方的合法权益已经成为全行业的共识。

头部企业坚持维权专业化和常态化。阅文集团的知识产权管理团队不断完善技术监测机制，对 PC 端、App 端、微信公众号、网盘和音频等五个重点渠道全方位监测。2020 年法务侧共计投诉下架网页链接 1208 万条，仅搜索引擎渠道平均侵权链接嗅探数量达 20 余万条/周。针对第三方盗版平台，日常监测时已对所有侵权盗版行为取证和存档，为后续维权做好了准备。自 2021 年开始，还增加了针对热播 IP 剧原著的专项盗版扫描和维权行动。掌阅设计搭建了可管理海量内容版权的版权支撑系统，拥有 3 重预警机制、17 项版权风险识别、5 种风险应对方案。爱奇艺、中文在线、咪咕等网站，也在监测和维权服务方面做到了专业化和常态化。

官方持续推进依法打击盗版侵权。由国家版权局会同国家互联网信息办公室、工业和信息化部、公安部开展的"剑网"专项行动已进行 17 年，"剑网 2021"将打击网络侵权盗版作为版权执法的重中之重，重点整治 5 个领域的版权秩序，包括进一步加强对社交平台、知识分享平台的版权监管，巩固新闻作品、网络音乐、网络文学等领域专项治理成果。2021 年 6 月，国家版权局、全国"扫黄打非"办发布 2020 年度全国打击侵权盗版十大案件，

第三章
保护、激活创作生态成网络文学行业重点

其中北京"10·24"侵犯网络文学著作权案，违法人未经著作权人许可，在其运营的十余个 App 上向用户提供侵权网络文学作品 5072 部，北京市海淀区人民法院以侵犯著作权罪宣判该案。因涉案人员众多，涉案作品数量大，非法经营额高，该案判决引发行业广泛关注，对打击网络文学侵权盗版、推动网络文学繁荣健康发展有重要意义。

新《著作权法》成为网络文学版权保护的"尚方宝剑"。党的十八大以来，我国知识产权法治建设取得了显著进展，经过三次修订的《著作权法》于 2021 年 6 月开始实施，着力解决制约著作权发展和保护的瓶颈问题，特别是针对以往侵权惩治力度不够的问题，修订之后对损害赔偿额的计算方式进行了优化，增加了惩罚性赔偿，提高了法定赔偿的上限，提高了违法成本，对盗版侵权行为产生了威慑力，也从国家层面对广大作者以及整个行业起到了最权威和专业的保护作用。配合新法实施，中国作协修订了《作家维权实用指南》，内容包含《最高人民法院关于审理侵害知识产权民事案件适用惩罚性赔偿的解释》等司法解释，《图书出版合同》《信息网络传播权授权合同》等常见条款解读，等等，更适应新形势下的著作权保护需要，也为广大作者维护自身权益提供了依据。

在相关法律和政策的加持下，还需要进一步加大对网络文学版权保护的宣传力度、监管力度和对侵权行为的打击力度，形成自上而下综合治理的常态。网络文学行业应联合政府机构，加强对搜索引擎、移动应用市场和网络广告联盟等服务提供商的监管，敦促平台做到常态化自查自纠，对明知是盗版内容仍提供网络信息传播服务的相关平台，追究连带责任。要从盈利源头斩断盗版利益链条，使盗版网站无利可图、难以生存，彻底切断盗版

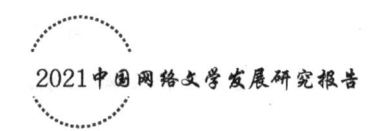

网站内容传播链条，从源头上消除盗版滋生的土壤。

　　保护版权，就是保护作家的创新力，保护文化创意产业源头的驱动力和推动力。我们期待健康良性的行业生态环境，让网络文学成为助力文化产业可持续发展的生力军。

第四章　网络文学IP全链路系列化高质量开发启新篇

第一节　现象级爆款巩固影视化语境中的网文地位

2021年2月发布的《2019—2020年度网络文学IP影视剧改编潜力评估报告》显示，前两个年度的网文IP拉动下游文化产业总产值累计超过1万亿元。作为网络文学产业化的重要途径，影视剧是塑造中国形象、讲述中国故事最直观、最受用户关注的形式。2021年，网络文学为影视剧创作提供了更加优质丰富的内容和创新多元的形式，催生了多个头部剧集和现象级爆款，成为影视剧改编的主角。

从豆瓣对2021年度剧集的百度指数排名看，TOP20榜单中包含了《赘婿》《雪中悍刀行》《上阳赋》《你是我的荣耀》《司藤》等12部改编自网络小说的作品，涵盖了喜剧、玄幻、历史、都市等各题材领域。在猫眼研究院对该年度剧集市场的观察数据中，网文IP改编剧在热度榜TOP10中占有8席，头部剧集高达80%的占比体现了网文在内容开发上的潜力。由同名小说改编的网络剧《赘婿》正片有效播放达 48.49 亿；改编自同名小说的《斗罗大陆》截至收官播放量逾 43 亿，连续 27 天在骨朵热度排行榜排名第一。

灯塔数据关于 2021 年网络电影分账票房的榜单显示，根据《鬼吹灯》改编的《黄皮子坟》《黄皮幽冢》分别以 3190 万元的票房和 2622 万元的票房冲进 TOP10，根据《赘婿》改编的《赘婿之吉兴高照》也获得了 2600 万元的票房，彰显出网文 IP "超长待机"的蓄能优势。

在建党百年的背景下，网络文学 IP 影视化的头部作品还表现出浓郁的"国风"气质和昂扬的时代特征。《赘婿》《雪中悍刀行》《风起洛阳》《锦心似玉》等古装剧集在聚焦主人公乐观向上、砥砺奋斗的个人史的同时，也弘扬了诚信仁义、守护正义、惩恶扬善等中华优秀传统文化。根据《军装下的绕指柔》改编的《爱上特种兵》、根据同名小说改编的《你是我的荣耀》等作品则通过反映不同职业背景下年轻人的成长历程，表达出新时代青年对家国情怀的阐释。

第二节　全链路改编激发 IP 转化的强劲势能

随着 IP 转化形式的不断优化和完善，网络文学不仅在影视改编方面成绩显著，动漫、有声、短剧以及线下文旅和衍生品等全方位、全链路的运营转化也为用户提供了 IP 内容"放大效应"，不同的艺术形式联动促成了网络文学多形态输出的破圈之旅。

2021 年，以传统文化和中国式表达为主要特征的国漫创作实现了行业实力的整体跃升，在公版 IP 为院线动漫电影提供滋养的同时，网文 IP 改编的中国动漫也达到了历史最高水平。全年上线的114部青少年动漫剧新作中，IP改编作品有72部。根据网文IP改编的《斗罗大陆》《大奉打更人》《风起洛阳之神机少年》《凡人修仙传》《天宝伏妖录》《第一序列》等作品涵盖了侠义江湖、青春探险、热血英雄、未来科幻等多种题材。其中，作为国内第一部年番动漫的《斗罗大陆》人气始终高居榜首；《大奉打更人》上线仅44小时平台收藏量就突破10万；《第一序列》上线8天人气突破8000万。《斗破苍穹·第四季》《全职法师·第五季》《星辰变·第三季》《萌妻食神·第二季》《斗破苍穹·三年之约》《幻游猎人》6部作品表现亮眼，其中《斗破苍穹》系列新作占总播放量三成以上，系列动画总播放量突破百亿大关。

艾媒咨询的《2020—2021年中国在线音频行业研究报告》显示，86.2%的用户在音频栏目类型接近时会偏好收听IP音频内容，因此有声改编方面会因更加方便用户、更加忠实原著而活力满满。以阅文集团2021年的IP改编有声作品为例，不仅作品题材多元，涵盖玄幻、悬疑、言情、科幻、仙侠、游戏、都市、历史、轻小说等门类，全年点击量也达到120亿，出现了《大奉打更人》《赘婿》《诡秘之主》等多部精品有声剧。

短剧作为IP改编近两年发展起来的新模式，凭借节奏快、周期短、投资小等特点得到用户的关注，拓宽了网文IP转化的赛道。阅文集团授权合作的144个短剧IP中，与微视合作的《我的傻白甜媳妇》《将门铁血毒妃》总播放量超过4100万，与快手合作的《摸金令》《长乐歌》点击率和评论数不断刷新。书旗推出的《今夜星辰似你》、米读推出的《秦爷的小哑巴》、中文在线推出的《霸婿崛起》、塔读推出的《怂男进阶攻略》等一大批根据网文IP改编的作品在短剧圈产生了一定影响。

全链路的开发不仅成为体现网络文学商业潜能的途径，也在

IP 的转化探索中反哺 IP。《赘婿》播出后，尚处于连载中的原著日均阅读人数提升近 17 倍；《锦心似玉》播出后，原著作品《庶女攻略》日均阅读人数提升了约 46 倍；经历多次改编的经典 IP《斗罗大陆》《斗破苍穹》等作品的原著阅读数仍有数倍增长。实际上，IP 势能的转化与反哺早就有迹可循，此前《庆余年》播出期间，原著网络小说的在线阅读人数增长了约 50 倍，只是这种现象随着 IP 工业化开发体系的不断完善，在 2021 年集中体现了出来。

第三节 精品 IP 系列化开发势头良好

2021 年，网文 IP 开发的精细化、系列化趋势更加明显。一是文学平台实施工业化开发提升了网文 IP 转化的可持续发展能力。从阅文集团、掌阅科技、中文在线三大上市网络文学公司的上半年财报来看，网文 IP 在公司战略中的比重增长明显，腾讯影业、新丽传媒、阅文影视打造的"三驾马车"成效突出，在三方对于 IP 评估、内容理解与专业改编制作的明确分工和深度合作下，网剧《赘婿》上线后成为爱奇艺平台史上热度值最快破万剧集，这也预示着全行业合作共建 IP 工业化开发体系的探索更进了一步。爱奇艺文学的"云腾计划+"助力爱奇艺视频推出了首部 IP 改编的网络剧《恋恋小酒窝》；掌阅科技推出了数百部微短剧计划，"长周期、重基建、深挖掘"为 IP 增值打造稳固的流量阵地。

二是精品 IP 的系列化开发强化了 IP 改编中的"长尾效应"。网络剧《庆余年》取得收视成功后，出品方继续整合产业资源，在维持主创和演员团队的稳定的前提下进入《庆余年2》的制作，有效延长了精品 IP 的价值周期；剧集《赘婿》在获得成功后，网络电影《赘婿之吉兴高照》借势 IP 热度，在播前预约量便突破 159 万，创下平台预约最快破百万的电影纪录，最终作品分账票房破 2600 万，荣登爱奇艺网络电影年榜 TOP3。《斗罗大陆》的动画播放量突破 300 亿元，剧集在央视二轮播出，《斗罗大陆：武魂觉醒》《斗罗大陆 2 绝世唐门》等多款手游冲进 ios 畅销榜；《大奉打更人》在小说完结不久后就开始了有声作品的开发，漫画作品上线后也成为平台爆款，动画、影视作品正在筹备或制作中，"一鱼多吃"的系列化开发优化了泛文娱产业赋能的格局。

第五章 "网文出海"纵深发力,中国故事"圈粉"全球

2021年5月31日,习近平总书记在主持中共中央政治局集体学习时指出,讲好中国故事,传播好中国声音,展示真实、立体、全面的中国,是加强我国国际传播能力建设的重要任务。他明确提出,要更好推动中华文化"走出去",以文载道、以文传声、以文化人。着力提高国际传播影响力、中华文化感召力、中国形象亲和力、中国话语说服力、国际舆论引导力。从一定意义上说,中国网络文学在加强我国国际传播能力建设方面,具有文学艺术所特有的春风化雨式的潜移默化优势。事实上众多海外读者正是通过阅读网络小说,才对中国人文精神和时代风貌产生兴趣的。实践证明,中国网文在推动构建人类命运共同体的道路上,正发挥越来越重要的桥梁和纽带作用。

2021年,中国网络文学出海实现阶段性跨步:全方位传播、大纵深推进、多元化发展的全球局面正在形成,出海模式从作品授权的内容输出,提升到了产业模式输出,"生态出海"的大趋势已初见端倪。

第五章
"网文出海"纵深发力,中国故事"圈粉"全球

第一节 网文出海规模化效应的全球化显现

多年网文出海耕耘已有阶段性成果,网络文学出海规模化效应显现。2021年10月中国作家协会在浙江乌镇发布《中国网络文学国际传播发展报告》指出,中国网络文学共向海外传播作品10000余部。其中,实体书授权超4000部,上线翻译作品3000余部;网站订阅和阅读App用户1亿多,覆盖世界大部分国家和地区,国际传播成效显著。中国网络文学国际传播经历了从个人授权出版、平台对外授权、在线翻译传播到本土生态建立4个发展阶段,传播方式以实体书出版、IP改编传播、在线翻译传播、海外本土化传播、投资海外平台为主。

目前,网络文学传播从东南亚、东北亚、北美扩展到欧洲、非洲,到现在已遍布全球。其中,线上阅读在美国、加拿大、法国、西班牙等欧美国家广受欢迎,非洲国家对海外平台与App授权作品更为热衷。共建"一带一路"国家在中国网络文学平台建设方面已取得可喜进展,中国网络文学全方位传播、大纵深推进、多元化发展的全球化局面正在形成。

第二节 网文出海的"国际基因"与模式创新

1991年中华网络文学诞生于北美,这种基于网络的"国际基因"使网文海外传播具有天然的优越性。2001年中国玄幻文学协会面向海外华语群体输出中国网文,正式启动了中国网文海外传播之旅。2005年中国网文的外文出版授权在数字版权和实体图书出版领域加快了网文出海的步伐。以向海外读者提供优质网文为

宗旨的"起点国际"于 2017 年 5 月上线，实现了网文外译规模化，尤其次年网站开放原创功能，使中国网文的国际发展模式从作品授权的内容输出，提升到了产业模式输出，实现了网文创作生产的跨域际转化。2020 年，"首届上海国际网络文学周"发布全球内容生态开放平台，在提高海外市场收益的同时，海外原创作团队也因获得实质性扶持而快速成长起来。

资料表明，截至 2021 年底，起点国际上线约 2100 部中国网络文学的翻译作品，培育海外原创作品约 37 万部。在作品外译方面，"人机共舞"模式逐渐成为主流。当前，起点国际与分布在以北美、东南亚为代表的世界各地的译者团队已超过 300 人。外译作品题材广泛，类型多样，武侠、奇幻、科幻、都市、言情题材广受追捧，其中《诡秘之主》《超神机械师》《超级神基因》《抱歉我拿的是女主剧本》《天道图书馆》《许你万丈光芒好》《大医凌然》《全职高手》等优秀作品影响巨大。

更令人欣喜的是，中国网文的海外原创捷报频传。自 2018 年 4 月起点国际开放原创功能迄今，该平台吸引和培育了 20 多万名海外创作者，原创作品约 37 万部，许多文学爱好者借助平台实现了自己的写作梦想。疫情期间，海外网文作家数量增长超 3 倍，其中"00 后"占比接近六成，东南亚和北美成为"盛产"网文作家的重要地区。在 2021 年度海外原创征文大赛中，起点国际收到参赛作品近 8 万本，其中 68% 的作家首次在起点国际发布作品。这些成绩表明，原创出海模式前景广阔，大有可为。

2021 年，中国网文 IP 出海明显呈现出综合创新趋势。

(一)漫画作品出海风生水起

在起点国际上线的漫画作品中，不少名作的海外人气不断高涨，如 IP 漫画《恰似寒光遇骄阳》《放开那个女巫》等在日韩市场进入人气榜单前列，国际影响力仍在持续上升。

（二）网文 IP 影视出海渐成规模

2021 年度《赘婿》《斗罗大陆》《锦心似玉》《雪中悍刀行》等 IP 剧集，先后登录 YouTube、viki 等欧美主流视频网站，在全球上百个国家和地区产生影响。

（三）网文 IP 海外改编取得突破

由阅文作家囧囧有妖创作的《许你万丈光芒好》在越南被改编为剧集《惹火娇妻》，成功掀起了 2021 年初的追剧热潮。与此同时，2021 年，电视剧《赘婿》影视翻拍权出售至韩国流媒体平台，IP 影视作品不仅停留于海外播放，还成为海外剧集的内容源头，可见网络文学的海外影响力和文化渗透率逐步攀升。从改编出海、海外改编到海外翻拍的跨越，进一步彰显了中国网文 IP 的影响力。

值得注意的是，网文 IP 出海的成功还进一步巩固了外译授权合作优势，如《诡秘之主》《听说你喜欢我》《余生有你，甜又暖》《修真聊天群》《择天记》《斗罗大陆》《星辰变》《鬼吹灯》等名作，在多语种外译过程中都有不俗表现。这些作品中既有传承中华优秀传统文化的佳作，又有摹画当代中国时代风貌的精品，还有反映未来社会图景的科幻力作。由此可见，中国网文不仅有能力"讲好中国故事、传播好中国声音"，而且在"展示真实、立体、全面的中国"等方面潜能巨大，并必将为加强我国国际传播能力建设作出更多贡献。

第三节　中国网文"生态出海"的前景展望

2021 年 9 月，中国作协主办的"2021 中国国际网络文学周"

在乌镇开幕，会议主题为"网络文学的世界意义"，其间还举办了"数字时代网络内容创新高端论坛""网络文学IP发展大会及高峰对话"等一系列活动。相关材料表明，2021年，网文出海从文本输出到模式输出的升级进展顺利，"起点国际"的模式输出达到了预期目标，作为代表性的网文国际传播平台，起点国际将付费阅读和作家培养模式成功移植海外，并在部分国家和地区取得成效。

起点国际的模式输出经验表明，中国网文的全方位"生态出海"已经形成网络文学发展的必然趋势。众所周知，早期网络作家大都受到欧美日韩"文游影漫"的影响，随着网文读写群体的快速崛起，中国网文逐渐成长为比肩美国大片、日本动漫、韩国偶像剧的"文化现象"。由于题材广泛、想象瑰丽、情节生动、表现手法丰富多彩、代入感强烈，网文海外传播很快形成了数量巨大、读者众多、影响广泛的良好局面。今天，各家网络文学平台正在不断完善多年前谋划的海外布局，继日韩、东南亚和欧美地区大量网文授权成功获益之后，中国网文的出海产业链打造和海外原创也在不断发力，越来越多的IP出海和本土精品表现出中国网文的实力，成为中国文化出海时代浪潮中的弄潮儿。

当然，相对于中国文化国际传播大业而言，中国网文的海外长征只是迈开了第一步。在过去的一年里，中国网文海内外原创作者队伍不断增长，AI翻译功能逐渐增强，创作、翻译与阅读的产业链延展顺畅，其传播范围覆盖40多个共建"一带一路"国家，涉及英语、法语、俄语、日语、韩语等20多个语种，潜在市场规模或将超过300亿元，尤其是以网文为创意源头的IP影视、游戏、动漫、有声读物等流行文化业态，已经在国际市场显示出巨大发展潜能。

结　语

中国社会科学院文学研究所课题组持续观察和研究网络文学发展状况，力求把握每个年度内的整体性特征。根据作家读者、产业模式、内容生态、IP产业等方面表现出的发展趋势，2020年度的报告将"迭代"看作核心词和关键词，这一概括仍然适用于2021年。年度内，"新生"的网络文学迎来的是历史使命和文化责任的"迭代"变迁。带着"人民文艺"底色的"全民写作"意识，尝试打破文艺创作的职业壁垒，召唤普通人以自己的方式讲述自己的故事，并最终汇聚在一起，成为当代中国与中华民族的故事，谱写立体、有机、多元的故事图景，网络文学向世界展示着中国人民的奋斗意志和精神风貌。这或许才是2021年种种趋势、动因与路径给网络文学创作带来的最为深远的影响——"所有人写给所有人看"——这正是网络文学兼具"中国故事"与"全民阅读"基因的一种表征。

我们欣喜地看到，网络文学题材转向、年轻作家读者涌入、IP开发生命力增强、网文出海阶段性成果显著、版权保护力度加大的背后，是全行业、全产业链的共同努力。越来越多的各行各业从业者，正加入网络文学的队伍中来，以自己的亲身经历为素材开展创作，这不仅是文学上的、国内的，更是全链路的、海内外的、穿越文字与时间的。诚然，当下的网络文学存在着一些问题和不足，但是我们相信，在社会引导、政策监管、行业自律的综合作用下，广大网络作家、网络文学从业者不断提升文学责任感和社会使命感，网络文学高质量发展的体制机制和伦理生态一定能够得到逐步完善和健全，网络文学的发展前景无限广阔。

九万里风鹏正举。伴随新时代文学的浩浩洪流，中国网络文学站在了新的历史起跑线上。习近平总书记在出席中国文学艺术界联合会第十一次全国代表大会、中国作家协会第十次全国代表大会时发表重要讲话，勉励广大文艺工作者"要从时代之变、中国之进、人民之呼中提炼主题、萃取题材，展现中华历史之美、山河之美、文化之美，抒写中国人民奋斗之志、创造之力、发展之果，全方位全景式展现新时代的精神气象"。我们坚信，有党中央的坚强领导和广大读者的热情支持，网络文学一定能够为丰富广大人民群众的精神文化生活提供有力支撑，在建设文化强国和实现中华民族伟大复兴征程中发挥应有的作用。

中国社会科学院文学研究所《2021 中国网络文学发展研究报告》课题组

  陈定家 中国社会科学院文学研究所研究员（课题组负责人）
  汤 俏 中国社会科学院文学研究所副研究员
  桫 椤 中国社会科学院文学研究所高级访问学者
  王文静 中国社会科学院文学研究所高级访问学者
  郑 薇 中国社会科学院文学研究所高级访问学者
  高寒凝 中国社会科学院文学研究所助理研究员

2022 中国网络文学发展研究报告

引言　网络文学是推进文化自信自强的重要力量

2022年，中国共产党第二十次全国代表大会胜利召开，中国特色社会主义踏上新征程，社会经济文化进入"中国式现代化"发展的新阶段。在多姿多彩、欣欣向荣的大众文化生活中，网络文学彰显中华智慧的原创性力量，继续发挥着传播主流价值、引领时代风尚、激发文化活力、繁荣社会主义精神文明的重大作用。历经约30年的发展，网络文学生产机制基本成熟，对文学生产关系的结构性影响已经趋于稳定，相比于快速上升时期频现的热点现象和搅动全行业的重大变化，年度内呈现出相对稳健的发展态势。

2022年，在行业政策和市场引导、社会综合治理、平台和作者的自觉自律之下，网络文学的主流化程度显著提升，继续保持着强大的社会影响力。截至2022年底，网络文学用户规模达4.92亿人，网络文学作家数量累计超过2278万人，延续了读者和作者的年轻化趋势。现实题材和科幻题材创作持续走热，脱贫攻坚和乡村振兴、中国制造、科教兴国、"非遗"等优秀传统文化传承、"一带一路"倡议等社会重大发展战略成为网络文学讲好中国故事的重要内容。144部网文作品入藏国家图书馆，10部网文的数字版本入藏中国国家版本馆；网络文学海外访问用户规模突破9亿人次，16部中国网文被大英图书馆收录，琳琅满目的精品佳作和便捷的传播形式在助力全民阅读的同时，也向世界展示着可信、可爱、可敬的中国形象，网络文学的综合影响力提升到新的高度。IP转化呈现出整体稳健、形式迭代、路径创新、持续发展的综合特征，在向精品化、高质量目标迈进的同时，不断突破原有路径，转化形式更加多元，成为文化产业的强劲增长点。

　　本报告依托互联网文化和网络文艺背景，立足网络文学现场，从具体作品和现象中汇总、拉取数据，采取科学的研究方法归纳、总结、研判趋势性特征，对年度发展状况进行画像式描述，以期较为准确地展现网络文学的发展现状。

第一章　网络作家的文化自觉与网络文学的主流化

网络作家队伍的壮大是网络文学发展的根本所在，作家队伍的多元化构成是网络文学"全民写作"特征的重要表现。代际更迭、地域星布与多样化的职业背景，使网络作家队伍整体上保持了旺盛持久的写作动力。进入新时代，从过去一味追求流量到自觉承担社会责任，网络作家表现出主动的文化自觉意识，从而推动了网络文学的主流化进程。2022年，网络作家队伍展现出鲜明的群体特征。

第一节　年轻化与多元化持续，"90后"作家成创作中坚

无论作者还是读者，年轻化始终是近年来网络文学更新迭代的突出现象。在青年作者步入中年、新一代青年从业者崛起的同时，网络作家在年龄结构上愈加广泛多元，几乎覆盖从青少年到"银发一族"的全年龄段，全民创作趋势不断增强。以地域分布而言，四川、河南、山东、广东等省份位居新增作家数量前列。

网络文学的年轻化趋势出现了向下一个年龄段整体下沉或迁移的特点,"70后""80后"的资深作家仍然活跃,以"90后"为代表的青年网络作家正在从新增主力逐渐变成创作中坚,"00后"则以数据优势取代"90后"成网文创作新增主力,像《一梭千载》的作者慈莲笙开始创作非遗题材小说的时候,尚为在校高中生。行业数据显示,"95后""00后"已成原创主力军,阅文集团2022年新增注册作家中"00后"占比达六成,年度作家指数TOP500的新面孔中,"00后"占比提升10%,作家万订作品数较去年同期翻三番;番茄小说发布的《2022年原创年度报告》则显示,"90后"在当年入驻该平台的原创作者中占比高达65%;"2022七猫原创盘点"也表明,该平台49%为新生代作家。

网文写作已成年轻人热门兼职的典型形式,"副业"成为2022年网络文学关键词之一。与此同时,"银发群体"也在逐步壮大,截至2022年底,阅文平台注册作家"60后"累计突破4万人。"Z世代"用户与生俱来的数字化生存体验为网络文学注入灵活、敏锐、前沿的新鲜血液和勇往直前的锐气,他们在"小"题材上更有钻研精神,也更有改编向创作意识;而作家群体向高龄化延伸,为网络文学沉淀和转型带来更丰富的可能。

第二节　职业背景丰富多彩,跨界书写引领行业潮流

网络作家队伍的职业更加多元,涵盖了教育、卫生、互联网和相关服务等57个国民经济行业大类。比如擅长创作游戏类型小说的青衫取醉、南腔北调本职是游戏策划师,新手钓鱼人为中科大物理学博士,出走八万里是一名编剧,千里鹰真实身份是企业

CEO……他们结合自身知识体系与职业经历,跨界融合兼职创作,使专业化的行业背景小说风靡网络。

网络作家队伍的年轻化使梯队更加合理,为现实题材的"年轻化"和高质量发展提供了人才保障。与2015年相比,2022年现实题材网络作家数量增长4.85倍。其中,"90后"占43.5%,"80后"占36.1%,"70后"占12.5%。他们将深入行业的一线经历和自身丰富的人生阅历融入一个个充满烟火气的故事,塑造了多达188种职业形象,既有医生、老师、警察、律师等常见职业,也有入殓师、竹编艺人、游戏制作人、敦煌壁画修复师等冷门职业。与之相匹配的是,现实题材读者比例也同比增长100%,"Z世代"读者约占比四成,与作者一同共情时代旋律。

另外,年轻作家在轻小说、科幻这类网文题材上展现出突出成绩,科幻作家年轻化、风格多元化趋势突出。2022年,起点新增科幻作品42080部,同比增长近70%。会说话的肘子、天瑞说符、横扫天涯、卖报小郎君、黑山老鬼、我吃西红柿、言归正传、九月酱、火中物、空长青等网络作家相继推出科幻题材新作。他们通过不同的创作视角丰富着科幻题材的内容风格,形成了独具中国特色的科幻话语体系,有力地推动了科幻文学本土化和高质量发展。

第三节　坚守人民立场,主流化意识不断增强

网络文学是传统文化精神与时代创新的结合体,玄幻、仙侠、古言等题材蕴含着神秘古老的东方文化精神,现实题材作品则蒸腾着鲜活的时代生活气息,融合着家国情怀和个人奋斗精神。广大网络作家坚持以人民为中心的创作导向,做用情用力讲

好中国故事的践行者，以理性的文化自觉与坚定的文化自信，承担起了传播正能量、弘扬社会主义核心价值观的使命。

网络作家的文化自觉不断增强，带动网络文学主流化进程显著提速。创作主题持续拓宽，在专业化、多元化的道路上探索现实题材精品化路径，渗透着对国家发展、民族复兴和人类命运等重大问题的关注与思索，借力网络文学大众创作、全民阅读、模式创新、中国故事等社会发展优势，努力为当代文学呈现更丰富的中国式现代化文化样本。奋斗、职场、乡村、时代、婚姻等成为网文平台现实题材创作排名靠前的关键词。

更多的网络作家将个体发展与国家民族复兴的进程关联起来，以特定行业为背景，将主人公的职业发展道路与时代变迁相结合，在作品中全面反映国家社会经济建设等各方面突飞猛进的时代风貌。《破浪时代》《巨浪，巨浪》《投行之路》《智游精英》《与沙共舞》《在阳光眷顾的大地上》《明月度关山》《华年时代》《一抹匠心瑶琴传》等精品佳作展现出非凡的历史成就和中国气象，讴歌了新时代人民的奋斗和创造。

第二章　网络文学题材进一步拓展优化

网络文学与时代同呼吸共命运，题材是重要体现形式。绚丽多姿的社会生活和精神世界里的奇思妙想，共同营建了网络文学的题材宝库。经过长期的类型调整和内容淘洗，网络文学题材得到进一步拓展和优化。2022年，现实、科幻、玄幻、历史、古言成为讲好中国故事的标杆题材，其中现实和科幻写作继续保持了稳步发展的态势。特别是现实题材作品，不仅以真实具体、真挚炽热的共情引发读者共鸣，更成为行业变迁和反映时代风貌的艺术切面，是以网络为载体的当代中国故事的全方位、立体化展现。

第一节　现实题材的稳步发展与幻想题材中的现实观照

自2015年以来，网络文学现实题材创作在各方的积极支持和引导之下，进入了持续稳步发展的黄金时期，涌现出一批精品佳作。在国家图书馆永久典藏的网文作品中，现实题材的占比达27.1%；大英图书馆收录了包括《赘婿》《第一序列》《大医凌然》《大国重工》等在内的中国网络文学作品，包含《复兴之路》等现实向作品。根据近七年来多家网站的综合数据，现实题材网文的复合增长率高达37.2%，已超越奇幻、历史和悬疑等，成为作品增速位列第二的热门题材。2022年9月阅文集团第六届现实题材网络文学征文大赛，总体规模再创新高，共收到参赛作品34804部，同比增长65.1%。

与现实题材崛起同样具有标志性意义的，是"科幻文"成为年度题材。在2022起点年度月票榜中，多部包含科幻元素的作品强势登顶，且精品化、题材细分化等趋势明显，显现出科幻题材网文由量的爆发向质的提升的转变，受到广大读者的支持与肯定。在有"中国科幻最高奖"之称的第33届中国科幻银河奖评选中，《深海余烬》获得最佳科幻网络小说，同样为网络小说的《泰坦无人声》获得最佳原创图书，《灵境行者》与《夜的命名术》获最具改编潜力奖。科幻题材作品虽以幻想涂抹外壳，其精神内核却由科学理性构筑，与现实题材小说同根同源，是网络文学"题材转向"浪潮的重要脉络之一。

在现实题材创作整体性崛起的大潮之下，隐藏着一系列看似毫不相关，实则与之相辅相成的创作现象。从工业、基建题材作品对古代社会/幻想世界进行的现代化改造，到非遗、国风题材作品对中华传统文化的发掘与认同，这些蕴含在幻想题材作品中的现实观照，是近年来值得瞩目的创作潮流，富民、强国、科技、工业、奋斗等正成为网文作品的常用标签。其中，"富民"题材作品2022年同比数量增长达205%，与"强国"成为阅文集团2022年入库作品排名前20的作品标签。

第二章
网络文学题材进一步拓展优化

第二节　基建、工业题材网文中的中国经验

　　网络文学中的基建文、工业文成为以审美方式映照中国发展经验的新范式。基建文通常以主人公带领群众发展生产、建设家园（多包含工业/土木建设、生产培训和人员管理等相关描写）的过程为主线。从《临高启明》《大国重工》到《地下城生长日志》《跟科技树谈恋爱［三国］》《买活》等，基建文/工业文早已由网络文学中相对小众、新颖的题材，发展为近年来十分热门的文类。相当比例的基建文/工业文都是以古代、近代社会或幻想世界为背景的，涵盖了穿越、奇幻等多种幻想题材网文品类。例如《这游戏也太真实了》将科幻背景与基建主题相结合，主人公虽然穿越到"废土世界"，却并没有灰心丧气只求苟活，反倒积极招兵买马，逐渐成长为废土世界的建设者、改造者。这样的描写绝非作者异想天开，事实上，在《冰汽时代》《死亡搁浅》等末世、废土题材游戏中，正是中国玩家首先摒弃了各自为战、互相掠夺资源的主流玩法，团结起来大搞基建，将虚拟世界的一片废土，建设成为工业化、现代化的新家园。基建、工业题材网文以现代科技、现代管理理念和工业化大生产等手段改造古代社会、幻想世界的气魄，显然是一种与时代呼吸、时代脉搏同步的现实观照，凸显了时代发展中的中国经验。基建文/工业文的广泛流行，则是市场和读者对这一价值观和美学追求的充分肯定。

　　值得注意的是，科幻、基建等高概念设定不仅在男频创作中火热，也逐渐成为女频创作的主流。基建题材作品数量五年间（2018—2022 年）复合增长率达 138%，位列阅文女频 TOP1，与开荒、空间、基建、无 CP 并列复合增长率 TOP5 题材。2022 年

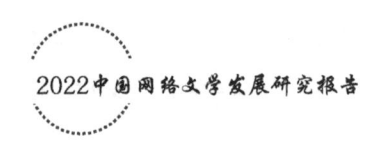

阅文女频热度 TOP100 作品中，类型化创新作品占比 50%。

第三节　非遗、国风题材网文中的中华传统审美理想

"画风"与基建、工业题材大相径庭的非遗、国风题材作品，也是近期网络文学创作中的热点与亮点。以阅文集团为例，2022 年，平台有超 5 万签约作家主动将非遗元素化用到作品中；与恭王府联合举办的"阅见非遗"征文大赛参赛作品超 3.5 万部，包罗陶瓷、纺织、刺绣、风筝、戏曲、装裱等形式多样的传统文化元素，琳琅满目，包罗万象。从故事来看，小说背景和人物职业活动转向了中华传统文化中的非遗传承，《吾家阿囡》《绣春光》《我用闲书成圣人》等作品深受读者喜欢。这类作品以挖掘传统宝库、传播文化魅力为价值落点，依托丰富的元素和深入的笔触，加深了网络文学审美形态在"中国故事"叙事体系中的主流化脉络。

尽管非遗、国风题材网文通常以古代、近代社会为背景，但它的广泛流行，仍然源于过往数十年中华传统文化和审美理想在国人的衣食住行等日常生活场景中的复兴。这正是蕴含在这类题材作品中深沉悠远的现实观照，发自内心对于美、对于传统文化的认同，是此类作品动人心魄的秘诀。

第三章 网文产业价值持续放大，IP 转化迭代升级

在网络文学消费侧，一方面，免费与付费阅读呈现出共同繁荣的新局面。在各平台付费用户数量、付费收入金额持续跃升的同时，免费阅读量持续增加。据易观数据统计，2022 年免费网文平台日活用户数同比增长 3.5%，同时，付费阅读重回高增长，起点读书 2022 年 12 月的付费月活用户数同比上涨 80%。

另一方面，IP 转化呈现出整体稳健、形式迭代、路径创新、持续发展的综合特征。首先，在影视行业"减量提质、降本增效"的背景下，网文的影视化向着精品化、主流化、高质量发展的目标迈进，从题材上看，既有现实、都市、古偶等主力改编题材，也开辟了科幻、悬疑、玄幻等潜力赛道；就形式而言，影视改编的市场热度和活力继续延伸，有声、动漫、游戏、剧本杀、短剧和衍生品等多形式的产业转化不断突破原有路径，凸显了网络文学在产业活力、价值引领和长尾效应等方面的巨大潜力。其次，付费模式产生的网文在精品 IP 孵化率方面更高，催生的产业价值更大。公开数据显示，腾讯视频 2022 年热度值榜单 TOP10 中，60% 的电视剧改编自付费网文；优酷 2022 年热度值榜单

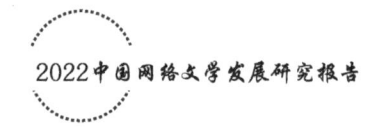

TOP10 中，50% 的电视剧改编自付费网文；爱奇艺的 2022 年热度值总榜 TOP10 中，则有 30% 的电视剧改编自付费网文。

第一节　模式迭代，多元呈现拓宽 IP 产业链的环状赛道

网络小说的 IP 转化多元充沛，转化模式和路径不断升级。作为文学价值的"放大器"，IP 改编一直是产业转化的重要路径，网文 IP 仍然是毫无争议的主力资源。由中国经济信息社编制的《新华·文化产业 IP 指数报告（2022）》发布的"中国文化产业 IP 价值综合榜 TOP50"中，原生类型为"文学"的 IP 有 26 个，占比 52%，其中超八成为网络文学。《斗罗大陆》《斗破苍穹》均跻身 TOP5，网络文学在高价值精品内容输出供给方面具备强大的造血能力，已成为新的行业共识。在 2022 年爱奇艺、腾讯、优酷等各大视频平台的热度榜单中，《雪中悍刀行》《苍兰诀》《天才基本法》《与君初相识》等根据网络小说改编的剧集占 50%；超过半数的国产动画番剧改编自网文 IP。

与此同时，IP 转化正在从先影视后动漫游戏最后衍生品的传统链状模式向更活跃、更自由的环状赛道迭代。IP 作为互联网文化产业生态的核心，开始释放跨界联动、多向度转化的活力。继《斗罗大陆》《斗破苍穹》作为"国漫双斗"等头部网文 IP 打破链状模式之后，动漫《星域四万年》由网文直接改编；动画《明日方舟》则由同名游戏改编而来；《诡秘之主》则在推出影视、动漫和游戏之前，前置进行 IP 的视觉规划，推出了指偶、徽章等周边衍生品；等等。网文 IP 的产业价值在转化模式的迭代中表现出艺术门类的高适配性和产业规划的强辨识度。

据第三方数据机构易观数据统计，2022年，包括出版、游戏、影视、动漫、音乐、音频等细分赛道在内的中国网络文学的IP全版权运营市场，整体影响规模超过2520亿元。预计到2025年，网络文学IP改编市场价值总量将突破3000亿元。

第二节 深耕内涵，中国文化激活网文 IP 的社会价值

网络文学积极探索 IP 改编的"长线打法"，中华优秀传统文化、活力满满的当代流行文化以及浓郁饱满的民间烟火气成为网文 IP 转化的深层次支撑。一是文化视角让"中国式"成为"新国潮"。根据同名小说改编的剧集《雪中悍刀行》深度解码中国武侠精神，在江湖故事与东方美学的融合中打动观众，获得了超过60亿次的播放量；由《驭鲛记》改编的《与君初相识》把仙侠文化作为价值核心，为玄幻故事找到了文化阐释。二是融入当下的社会文化和流行文化，现实性、科技感、高概念等文化元素使网文 IP 的转化更加多元。《谢谢你医生》中的医疗事件、《天才基本法》中的平行世界、《开端》中的时间循环等要素既是文化映射，也是大众文化的内容增长极。三是吸取民间文化和非遗元素的精华，"悬疑＋历史"的网络剧《风起陇西》、"悬疑＋民俗"的网络电影《老九门之青山海棠》等影视剧在类型融合中延伸了 IP 的影响力。

第三节 双向周期，精品化、系列化开发 催生改编爆款

网络文学的 IP 转化周期既是互联网文化产能的晴雨表，也是

IP 价值和辨识度的重要表征。2022 年，网文 IP 的转化周期呈现出"一短一长"的双向特点。

首先，单个、单次的 IP 开发周期不断缩短。影视化方面，2021 年的影视热剧改编作品多为 2016—2017 年完结的网文，而 2022 年度《开端》《天才基本法》《星汉灿烂》等爆款剧集均是 2019 年后的完结作品，开发周期大大缩短。有声方面，阅文旗下 3000 余部 IP 有声剧上线，其中大部分在连载期间就进入开发流程，《灵境行者》上线 2 个月播放量破亿，《夜的命名术》上线 5 个月播放量破 2 亿次，提质增效的精品化趋势显现。

其次，头部爆款 IP 的系列化开发周期变长。2022 年，网络文学 IP 转化表现出"文漫融合"的系列化开发趋势，《新华·文化产业 IP 指数报告（2022）》显示，入榜的动漫 IP 中，经典动漫续作占比高达 75%。《斗破苍穹》《星辰变》等网络小说的发表距今都超过十年，2022 年其新番动画的总播放量分别达 185 亿次和 40 亿次，成为当之无愧的爆款 IP。而在《2022 新华文化产业 IP 价值榜》排名第一的《斗罗大陆》从 2008 年开始连载距今已逾 15 年，它在有声、动漫、影视、游戏等下游产业的综合转化成就了头部 IP 的系列化开发，同时也展示出 IP 转化在系列化、精品化中的重要经验。

第四章　推进版权保护生态共治，探索版权治理中国方案

在网络文学规范化、健康化发展的进程中，盗版始终是制约其发展质量和发展效益的一大障碍。保护版权，不仅是保护作家的创新成果和创新动力，更是在维护整个产业的分配公平和分配效率。特别是面对近年来网文IP全版权运营已成为数字文化产业的重要基石、网文出海带来的各种挑战等新形势，版权保护已然上升为关乎中国文化国际竞争软实力的重大课题，根除盗版"毒瘤"已经迫在眉睫。

随着我国知识产权法治建设取得的显著进展、国家对版权保护力度的持续加大，网络文学平台持续打击盗版，用户版权意识逐步觉醒，版权环境呈现逐年向好趋势，正在迈入"政府主导、行业自律、技术赋能、大众参与"的生态共治阶段。2022年，多部门联合开展了声势浩大的打击盗版行动，把反盗版推向新高度，网文头部平台积极探索和提升新技术的应用，融合多方力量，探索版权治理的中国方案。

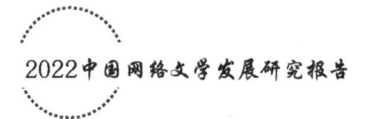

第一节　政府主导、行业自律，推进版权保护共治、共享

"剑网2022"专项行动，是全国连续开展的第18次打击网络侵权盗版专项行动，由国家版权局、工业和信息化部、公安部、国家互联网信息办公室四部门联合，是有效打击网络侵权盗版行为的国家力量。2022年度的专项行动，对网文盗版治理高度重视，着力对未经授权通过网站、社交平台、浏览器、搜索引擎传播网络文学作品等侵权行为进行集中整治。聚合国家力量，多部门协同为网文版权保驾护航，取得显著成效，推动网文盗版损失规模占整体市场比例持续下降。

2022年5月，中国版权协会、20地省级网络作协、12个网文平台、522名网文作家共同发起《倡议书》，呼吁社会各界联合起来对网络文学侵权盗版行为予以曝光、公示，呼吁搜索引擎严格履行平台责任，及时清理、屏蔽"笔趣阁"等盗版站点，这是网文行业最大规模的一次集体发声。7月，中国作家协会网络文学中心组织全国重点网络文学网站、网络文学组织，携手网络作家、评论家、网络文学工作者共同制定《网络文学行业文明公约》，呼吁加强网络文明建设，优化网络文学行业生态，推动网络文学高质量发展。

2022年，多家网络文学平台加大打击盗版力度。晋江文学城持续整治处理各类事件，对侵权行为予以坚决打击；阅文集团投入10倍人力反盗版，建立了作家、行业伙伴在内的统一战线，对盗版平台、搜索引擎、应用市场中的侵权行为进行重点打击。通过综合运用AI、大数据等技术手段，阅文在解决自动化批量盗版问题上取得了重大进展，每500本书的单日泄露链接数从18万条下降至0.8万条；拦截盗版访问1.5亿次；防盗系统迭代3000多次；精准处置有效盗版线索62.5万条；打击恶意盗版者3900多人；追踪恶意盗版团伙20多个，重创盗版产业生态。

第二节 多措并举、精准打击，探索版权治理的"中国方案"

2022年5月，网文领域首个诉前禁令正式实施，法院支持诉前行为保全，责令UC浏览器、神马搜索立即对侵犯《夜的命名术》信息网络传播权的链接采取删除、屏蔽、断链等必要措施。该禁令的实施可以被视作网络文学版权治理的里程碑，利用法律武器为作品提供了及时止损、便捷维权等多重保障，为全行业版权保护工作提供了新的可借鉴思路。

此外，一批针对盗版平台、搜索引擎、应用市场等主要侵权途径的案件也获得胜诉，盗版网文App"加时""石头阅读"等都受到了相应处罚。"加时"App仅华为应用市场就有59万下载量，案件宣判后，该App迅速从华为、小米等应用市场下架。在阅文集团诉"笔趣阁"抖音账号一案中，"笔趣阁"公开道歉，注销海南公司，停止运营抖音账号。晋江文学城也数次赢得了打击盗版刑事案件的胜利，侵权者赔偿的数百万元按比例返还被侵权作者。这些胜诉案件不仅对盗版起到了震慑作用，也为整个行业反盗版起到了维权标杆和正向判例引导作用。

从政策、舆论环境到实践案例，2022年网络文学行业在反盗版进程中取得的突破性进展，将中国版权治理的生态和手段推向新的高度，实现了包括专业盗版商在内的盗版方数量明显下降的

亮眼成果。在明确目标的推动下，政府、产业和大众聚合成统一战线，多措并举将版权保护这个关键变量转化为行业行稳致远的最大增量，这或将成为版权治理"中国方案"。

第三节　加速正版化，助力文化产业整体创新与发展

相较于版权保护已取得显著效果的音频、影视、游戏等下游领域，快速增长的网络文学应当成为下一个数字文化产业盗版治理的主战场。搜索引擎、应用市场和盗版平台一直是网文盗版的"三座大山"，其中搜索引擎和应用市场作为盗版内容传播的主要渠道，侵害最为严重。加大治理力度，从源头上消除盗版滋生的土壤，遏制盗版乱象，是网络文学版权保护下一阶段的重点工作。我们期待，通过各方努力，加速网文正版化进程，助力文化产业创新与发展。

第五章　网络文学海外传播现状简述与前景展望

进入21世纪以来，中国网络文学在促进文化交流方面作出了巨大努力，以"讲好中国故事"为策略，塑造了大量具体、鲜明、生动的艺术形象，向世界展示了可信、可爱、可敬的中国形象。2022年，网文海外传播在如下几个方面出现了引人注目的新气象。

第一节　生态出海格局初步形成，线上翻译作品持续发力

近年来，中国网文在推动中华文化"走出去"过程中，注重文创理念，发力全球市场，一步步实现了从内容到模式、从区域到全球、从输出到联动的整体性转换。网络文学作为构建中国叙事体系的载体，在文化出海方面表现出引领风尚的潜质，已具备进军西方主流文化市场的实力，成为新时代讲好中国故事的生力军。2022年，中国网文海外作者和读者"年轻化"趋势显著，国内外流行的内容题材和类型模式出现同频共振态势。网文IP生态

国内国际双循环格局初显，海外原创 IP 开发风生水起，开始反哺国内内容生态。截至 2022 年底，中国原创网络文学作品授权数字出版和实体图书出版数量可观，涉及日、韩等国与东南亚地区，以及美、英、法、俄等欧美多地，仅阅文旗下授权作品就突破 900 部，如《鬼吹灯·精绝古城》英文版、《庆余年》和《凡人修仙传》韩文版、《全职高手》日文版、《诡秘之主》泰文版、《择天记》法文版等。截至 2022 年底，线上译作新增 3000 余部，多部译作累计阅读量破亿人次，如《天道图书馆》阅读量超过 1.54 亿人次。海外用户通过网文阅读深入了解中华优秀传统文化和当代中国的时代风貌，"中国"相关单词在用户评论中累计出现超 15 万次，"道文化""武侠""茶艺""熊猫"等中国元素关键词提及破万次。简而言之，2022 年的中国网文生态出海格局初步形成。

第二节 海外原创作家激增成为年度亮点

党的二十大报告号召"增强中华文明传播力影响力。坚守中华文化立场，提炼展示中华文明的精神标识和文化精髓，加快构建中国话语和中国叙事体系，讲好中国故事、传播好中国声音，展现可信、可爱、可敬的中国形象"。在过去的一年里，中国网络文学在海外传播方面踔厉奋发，勇毅前行，取得了令人欣喜的成绩。2022 年度海外原创作家数量激增，引发关注。据统计，自 2018 年上线原创功能以来，海外原创作家数增速迅猛，年复合增长率达 81.6%，截至 2022 年底，起点国际共培育海外原创作家 32.7 万名，其中美国、菲律宾、印度、英国、加拿大名列前茅。与国内网络作家"年轻化"趋势相呼应，海外原创作家中年轻人也已成为中坚力量。其中,"95后"作家占比29.5%,"00后"作家占比37.5%,"Z世代"占比超2/3。截至2022年底,中国网文出海译作总量超过50万部,形成15个大类100多个小类,其中都市、奇幻、电竞、科幻等题材的作品更是频频爆款。

第三节 出海调研数据分析与发展前景展望

就创作而言,海外原创作家深受中国网文类型创作影响。国内火爆的"重生""系统流""无敌流""凡人流""女强"等文类,在海外原创的261个标签中位居前十。同时,海外作家融合"狼人""吸血鬼""精灵""魔法""超能"等元素,在传统西幻流派上探索出了自己的类型风格。阅读方面,2022年度起点国际累计访问用户数达1.68亿,遍及全球200多个国家和地区,覆盖共建"一带一路"所有国家和地区。其中,"Z世代"用户占比高达75.3%。从国家分布来看,美国的用户数量位列第一,澳大利亚、英国、加拿大等主要英语国家的用户数也进入前十行列。2022年,海外网络文学原创IP孵化稳步推进,多语种网络出版、有声、动漫、影视等是主要的开发形式。自2019年起点国际举办全球年度有奖征文品牌活动（WSA）以来,已有约四成获奖作品进行IP开发,合作团队来自美、印、韩、泰等国家。其中,《沉迷之爱》《爱的救赎》等已在韩、泰网络出版,《沉沦爱的冠冕》《邪恶之剑的诞生》等已改编为有声作品；《龙王的不眠之夜》等多部海外网文改编的漫画作品已在腾讯动漫上线,反哺国内数字文化产业发展。

事实证明,中国网络文学具有得天独厚的共情力和感染力,在加强中国文化的国际传播力和影响力方面具有独特优势。网络文学海外传播的迅猛发展,既有利于促进文化交流,深化文明互鉴,推动中华文化更好走向世界,也正在为营造尊重中国历史、热爱中国文化、理解中国精神的良好国际氛围作出越来越大的贡献。

结　语

2022年，互联网技术迭代催动网络文学发展环境和生态格局不断调整。伴随5G、人工智能技术的推广普及和元宇宙等虚拟数字环境的创设，高图像化、高流动性和高互动性的互联网应用群峰迭起，催动网络文学持续形成新业态。改革开放以来，活力四射的中国社会经济文化生活为文学创作提供了取之不尽、用之不竭的素材和题材，大众精神世界与网络空间的相互映照与对话成就了网络文学的崭新面貌。推进文化自信自强，铸就社会主义文化新辉煌，是网络文学责无旁贷的现实责任和历史使命。在实现中华民族伟大复兴的壮丽征程中，高扬时代风帆，饱含深挚情感，摹画时代生活全息风貌，彰显昂扬向上的时代精神，网络文学必将书写出更加绚丽的华章！

中国社会科学院文学研究所《2022中国网络文学发展研究报告》课题组
　　陈定家　中国社会科学院文学研究所研究员（课题组负责人）
　　汤　俏　中国社会科学院文学研究所副研究员

桫椤　中国社会科学院文学研究所高级访问学者
王文静　中国社会科学院文学研究所高级访问学者
郑　薇　中国社会科学院文学研究所高级访问学者
高寒凝　中国社会科学院文学研究所助理研究员

2023 中国网络文学发展研究报告

在党的二十大精神和习近平文化思想的指引下，网络文学作为新时代中国文化事业和文化产业新质生产力的重要代表，坚持以人民为中心的创作导向，不断拓展创作领域和传播半径，在推进文化自信自强、繁荣社会主义文艺进程中取得了可喜的发展成绩；作为大众参与、全球共创，彰显中华文化原创力的生动实践，成长为当下最活跃、受众最多、覆盖面最广的文学样式和讲好中国故事、传播中国声音的生动文化名片。

2023年，中国网络文学产业增长势头不减，同时受到精品化、IP转化提速、全球化等趋势推动，进一步呈现出创造性转化、创新性发展新格局，并依托多方共创华语IP的积极探索，在全球视野下将大众创作、全民阅读风潮推向新高度。中国互联网络信息中心（CNNIC）发布的第52次《中国互联网络发展状况统计报告》显示，截至2023年6月，我国网民规模达10.79亿人，较2022年12月增长1109万人，互联网普及率达76.4%。其中，网络文学用户规模达到5.37亿人，达到历史最高水平，较2022年12月增长3592万人，占网民整体数量的49.0%。网络文学的社会影响力持续增强。

——网络文学总体规模不断扩大。阅读市场规模达404.3亿元，同比增长3.8%，网络文学IP市场规模大幅跃升至2605亿元，同比增长近百亿元；作家、作品、读者数量呈稳健增长态势，作者规模达2405万人，新增作者225万人，作品数量达3620万部，新增作品420万部，用户数量达5.37亿人，同比增长9%。

——"国潮"和现实题材再创历史新高。网络文学融入非遗、国风元素，拥抱中华优秀传统文化；现实题材创作年增速超20%，新增读者"00后"占比过半，以"好故事照见人间烟火"映照现实、直抵人心，为时代画像、立传、明德。

——AIGC成为创作传播新引擎。AIGC开创"内容生产自动化"新模式，新技术辅助创作并赋能机器翻译和粉丝共创，大幅提升生产效率并降低翻译成本，同时为粉丝提供了新的阅读体验。AIGC成为年度网络文学新热点。

——IP开发效率提升引领市场扩容。内容平台在作品连载阶段便启动孵化、前置开发，有效的互动和二创驱动成平台孵化撒手锏；短剧释放中腰部IP价值风口，精品化成短剧发展必然趋势；降本增效大背景带动IP影视改编的效率和质量提升，年影视剧热播60%改编自网络文学。

——海外影响力持续扩展。随着传播半径不断延伸、覆盖范围持续扩大，作品内容、行业规模、营业收入、运作模式、技术支持等方面显示出日益强劲的国际化影响和市场化活力。AI技术的突飞猛进和文化交流的持续深入，提高了网络文学海外传播的规模化、精品化和生态化水平。

本报告以网络文学创作为基础，对作家作品、IP开发、海外传播、版权保护等进行全方位观察、分析和研判，力求摹绘出年度发展的总体概貌。

第一章　作家迭代、题材多元，精品佳作助力"高质量发展"

网络文学以其新锐之姿，一直以来不断吸纳年轻力量加入，在以往大众创作、作者全年龄段覆盖的基础之上，2023年网络作家在年龄和教育结构上得到进一步优化。从行业数据观察，2023年网络文学作家、作品、读者数量都呈稳健增长态势，其中作者规模达2405万人，新增作者225万人，作品数量达3620万部，新增作品420万部，用户数量达5.37亿人，同比增长9%。

第一节　年龄、教育结构持续优化，"95后""00后"引领创作风潮

2023年，网文写作年轻化趋势持续深入，"95后""00后"作家以崛起之姿引领网络文学创作新风潮，"00后"作家成为网文作家新增主力。以代表性网络文学平台为例，阅文集团新增作家60%是"00后"，"00后"作家万订作品数新增230%，新增白金大神中60%是"90后""95后"，2023年网络文学榜样作家"十二天王"中80%是"95后"；字节跳动旗下番茄小说数据显

示，入驻作者数量较2022年上涨42%，签约作者中57%为"95后"，26%为"85后"，"75后"则只占9%；七猫中文网原创新增签约作者数量同比增长104.18%，"90后"作者占55%。

2023年网络作家在职业和教育结构上也进一步得到优化。多数作家系非文学专业教育背景，且多为兼职写作的"斜杠青年"。例如最白的乌鸦是检察官助理，可怜的夕夕是精算学毕业的海归硕士，杀虫队队员本专业是艺术学，三九音域曾修建筑学和金融工程，"00后"作家季越人、鹦鹉咬舌是在读大学生。作者身份几乎涵盖了57个国民经济行业大类，来自各行各业的写作者源源不断地为网络文学注入了新鲜血液。同时，近年科幻题材火热和人工智能兴起，吸引了更多网生代和教育程度较高的群体加入网络文学用户队伍。以起点为例，超七成科幻品类签约作家为本科在读及以上学历，首次创作科幻题材的作家72%为"00后"，近七成科幻读者年龄小于30岁，40%左右为本科及以上学历。更广泛的创作者背景，使作品的关注视角、题材涵盖更加多元、专业、立体，也引起了越来越多年轻读者的关注与共鸣。

与此同时，伴随着起点读书、番茄小说等头部网文平台成为年轻作家成名快车道，"一书封神"作为2023年中国网络文学行业发展的独特现象，进一步彰显了网络文学价值赋能的时代指征。更多新人作家可以凭借作品迅速破圈，成长周期大为缩短。狐尾的笔的《道诡异仙》、季越人的《玄鉴仙族》、情何以甚的《赤心巡天》、杀虫队队员的《十日终焉》等都可谓"一书封神"的典型案例。在网络文学精品化持续升级趋势下，更多作品实现收入提升。2023年阅文集团总收入超10万元的新书数量同比增加25%；作品收入超10万元的新人作家增长六成，新书收入超100万元的作家中，新人作家占比近1/3；10万均订作品数量较去年同比增长75%。七猫中文网稿费总支出同比增长48.57%，月均稿费过万元作者达565人，男频单月最高稿费202万元，女频为76万元。数据显示出行业头部平台新人孵化机制日趋完善，创作生态持续迸发活力，青年新锐跻身各类榜单，引领网文创作风潮。

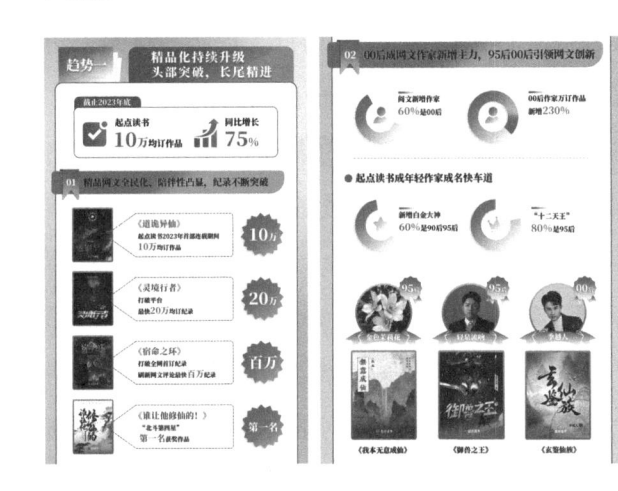

第二节　头部突破、长尾精进，精品网文全民向、陪伴性凸显

得益于"95后""00后"为网络文学注入多元锐气，2023年网络文学内容创作质量显著增强、创作生态活力迸发，精品网文全民向、陪伴性凸显，并呈现出头部突破、长尾精进的并行发展态势。

就头部作品而言，一方面，宏大世界观设定、人物命运跌宕起伏的作品更能引起用户的情绪共鸣，不仅蕴藏着巨大的IP开发潜力，相关作品更持续刷新着各项纪录。截至2023年底，起点读书10万均订作品数量同比增长75%，包括当年度首部连载期间

10万均订作品《道诡异仙》（狐尾的笔）、打破最快20万均订纪录的《灵境行者》（卖报小郎君）、打破全网首订纪录并刷新网文评论最快百万纪录的《宿命之环》（爱潜水的乌贼）等典型代表作。另一方面，快节奏、轻松、有梗有脑洞的"小白文"，因适合碎片时间阅读的天然特性，俘获了大批高黏性网文用户，很多"小白文"代表作品在起点读书突破10万均订。现实、科幻、历史等品类所代表的长尾精品网文不仅成为全民阅读的重要内容来源和创新支点，更进一步推动网络文学的内涵深化发展，其消遣性、陪伴性和高黏性正在推动全民阅读成为一种持续的生活方式。

与之呼应的是，社会认可和政策扶持力度也持续加大。2023年除中宣部和中国作家协会等官方权威机构专门发布"中国网络文学影响力榜（2022年度）""2023优秀网络文艺作品年展""新时代十年百部""网络文学青春榜"等网络文学榜单之外，一些传统奖项如中华文学基金会"茅盾新人奖"、中国小说学会"2023年度中国好小说""百花文学奖""天马文学奖"等也都增设网络文学分类，爱潜水的乌贼、骁骑校等多位作家携作品登榜获奖。2023年中国作协网络文学中心启动"阅评计划"开启《关键路径》（匪迦）等12部网文作品在场评论，《中国网络文学编年简史》、"中国网络文学三十年丛书"等学术史著作出版，则从评价体系和学科建设角度进一步为网络文学精品化和高质量发展加码助力。

第三节　类型化题材复合发展，深度开掘智性转向

在澎湃新闻与阅文集团联合发布的《2023网络文学十大关键

词》中,"考研""种田""非遗""短剧""坐忘道""无CP""全员上桌""智商在线""AI金手指""霸总全球化"等词上榜,背后指征的正是全年的创作趋势。仙侠、都市、历史、现实、玄幻、轻小说、游戏、科幻等多个题材成为年度热门,优质作品呈现仙侠历史齐飞、科幻势头更劲的特点。

在各种类型题材更加垂直细分的同时,不同类型之间互相叠加、杂糅,出现很多复合发展的类型文。天瑞说符的《保卫南山公园》融合了末日、机甲、巨型工程等多种科幻元素,林海听涛的《禁区之狐》是"架空+体育",轻泉流响的《御兽之王》是"玄幻+都市+异术超能",错哪儿了的《都重生了谁谈恋爱啊》是"重生+都市+商业+言情"。最白的乌鸦《谁让他修仙的!》被网友评价为"仙侠爆梗文",以各种爆笑梗和脑洞吸引读者,呼应了学界关于网络文学"萌要素"式"数据库"写作的论断。类似《重生的我只想专心学习》(纯纯的橙)这样的考研考公文,正是现实生活热潮在网络小说中的反映。"类型+"成为IP改编赛道中的显性标签。

"坐忘道"一词出圈见证了《道诡异仙》(狐尾的笔)这一类以怪诞烧脑著称的玄幻小说的热度,而克苏鲁这一设定自《诡秘之主》(爱潜水的乌贼)大热后在多部作品中成为重要元素,一定程度上因其不可名状或不确定性而成为小说把握时代情绪的某种表征,不仅带火了现象级作品,连带新书《宿命之环》(爱潜水的乌贼)、《故障乌托邦》(狐尾的笔)等的热度也持续走高。"群像"一词也在诸如起点读书等App标签热度中位列TOP1,《剑来》(烽火戏诸侯)、《这游戏也太真实了》(晨星LL)、《剑出鞘》(沉筱之)、《女主对此感到厌烦》(妖鹤)、《为什么它永无止境》(柯遥42)等作品也为读者贡献了一批玄幻、修仙、推理、种田或女性互助自强的群像。值得一提的是，和男频流行"恋爱脑"相呼应的是，2023年女频文开始流行"无CP"，进一步探索性别意识变革。如须尾俱全的《末日乐园》、御井烹香的《买活》、有花在野的《我在废土世界扫垃圾》、群星观测的《寄生之子》等，可以说都是打破CP惯势，意在言情婚恋之外的"女强"文或"爱女"文。网站平台也及时调整板块区分，面对用户市场需求作出迅速响应。

"智商在线"在"升级打怪"无脑爽的惯例之外丰富甚至更新了网文"爽"感定义。《灵境行者》（卖报小郎君）、《天启预报》（风月）、《异兽迷城》（彭湃）、《明克街13号》（纯洁滴小龙）、《我在精神病院学斩神》（三九音域）等作品以严谨的设定、烧脑的情节、丰富的文化资源等成为网络小说深耕内容、优化生产机制的转向性代表作。西湖遇雨的《大明国师》运用货币史、国富论、马克思政治经济学等知识写作，连续数月位居历史品类畅销榜榜首。《满唐华彩》（怪诞的表哥）、《唐人的餐桌》（子与2）等重现"昭昭有唐，天俾万国"历史画卷的唐朝品类崛起。

第四节 "国潮"写作带动年度风尚，传统文化融入多元题材

文化自信、强国叙事成为网络文学创作新趋势。2023年6月，习近平总书记在文化传承发展座谈会上发表重要讲话，指出要有效地推动中华优秀传统文化创造性转化、创新性发展，更有力地推进中国特色社会主义文化建设，建设中华民族现代文明。在政策、行业和市场引导下，2023年网络文学更突出地将中华优秀传统文化融入多元题材和类型，践行中华优秀传统文化创造性

转化和创新性发展，探索"第二个结合"的有效路径，其中历史、现实和科幻等题材尤为突出。

文化和旅游部恭王府博物馆与阅文集团主办的"阅见非遗"第一届征文大赛，带来6万多部非遗题材作品，涉及京剧、木雕、造纸技艺、狮舞等127个非遗项目。金奖作品金色茉莉花的《我本无意成仙》以主角访仙为主线，融入了古时各地村庙、庙会风俗，穿插了评书、木雕、打铁花技艺等传统元素。在旨在传承民族文化、鼓励网络文学创作的第三届石榴杯征文中，《琼音缭绕》（湘竹MM）、《盛世春》（青铜穗）、《我为长生仙》（阎ZK）、《相医为命》（牛莹）、《衣冠不南渡》（历史系之狼）等10部网络文学作品获奖，涵盖保卫地球、三国末期历史图景、三代传承创新海南琼剧、中华传统医学等多种题材。千山茶客的《灯花笑》、空谷流韵的《大明英华》用扣人心弦的故事赋予非遗崭新色彩。这些作品既是网络文学艺术形式的突破，也是中国故事的创新表达，搭起传统文化与海内外读者的桥梁，向世界传达别具一格的东方文化。

除了直接将中华民族历史或建筑、服饰、曲艺、绘画、饮食等非遗文化作为创作题材之外，《西游记》《山海经》《搜神记》等经典名著或"司马光砸缸""干将莫邪"等中国传统神话、历史传说也都成为网络文学取之不尽的传统文化资源。宅猪的经典玄幻作品《择日飞升》化用《捕蛇者说》的角色和意境，借鉴中国古代神话叙事传统架构其世界和修炼体系，在映射现实世界的同时寓意家国情怀。《道爷要飞升》作者裴屠狗自称深受传统经典影响，将道教文化与江湖武侠融合于小说文本；鹦鹉咬舌的《食仙主》则在修仙文中承继了金庸、古龙等传统武侠中重然诺、轻生死的少年意气。杀虫队队员的《十日终焉》融合了大量"北斗""武曲""木牛流马"等中华优秀传统文化元素，在游戏关卡设计中突出"国风"特色。历史题材成为头部平台男频五年复合增长率 TOP1 品类，优质作品相继涌现。化用经典或传统元素融合的作品也出现在知乎、豆瓣、每天读点故事等小众平台中，玄鹈的《时间裂缝》、凌东君的《赛博神话》、菇凉子的《全员发疯：我至爱他至死》等都可谓传统文学的"故事新编"。

2023 年网络文学现实题材再创历史新高，"现实＋"题材进入创作视野。题材年增速超 20%，新增读者"00 后"占比过半，"现实生活"更成为阅文女频五年复合增长率 TOP1 品类。由上海市新闻出版局支持、阅文集团主办的第七届现实题材网络文学征文大赛，总计收获作品 38092 部，吸引了来自各行各业的近 4 万人参赛，作者数量同比增长 26%。荣获特等奖的《只手摘星斗》是作者扫 3 帝的首部作品。作为中国最早批次卫星导航从业者，他将深耕多年、富于时代性与现实性的职业经验融进作品中。眉师娘的《茫茫白昼漫游》借盲人按摩师视角，将小人物的生存理想和命运浮沉浓缩于世间百态，反映不同阶层人群面临的困境与挑战。花潘的社会悬疑题材《十七岁少女失踪事件》，以一场恶作剧般的少女失踪事件开启南方国营大厂出身的三代女性之间的成长纠葛，揭示意外背后的人性考量。慢三的《狐之光》以时代巨变背景下女性命运的辗转与韧性串联起社会变迁二十年的发展历程，荆泽晓的《炽热月光》以南派舞狮文化为线索，卓牧闲的《滨江警事》在警务题材中另辟蹊径，还有风晓樱寒的《逆行的不等式》、流浪的军刀的《逆火救援》、柠檬羽嫣的《柳叶刀与野玫瑰》、何常在的《向上》等都是现实题材赛道的精品佳作，在多轮次开发中持续传递向上向善向美的价值理念。网络文学现实题材汇聚了一支前所未有的全民创作队伍，传承创新中华优秀文化，描摹当代中国全息画像，在选择、创作和接受上呈现了人民大众的文化主体性。

网络科幻文学近年来增长势头强劲，交织强国叙事、弘扬科学精神、面向科技前沿、探索人类未来的佳作井喷式涌现，进化超能、未来世界、星际文明、超级科技等细分题材增幅较大。网站平台也全力打造特色科幻网文扶持模式为创作助攻，如阅文集团启动"科幻梦想启航计划"，中文在线启动"科幻网络文学创作扶持计划"，咪咕文学推出"奇想空间"厂牌，哔哩哔哩联合未来局、《青年文摘》等发起"科幻春晚"等。创作成果令人瞩目，远瞳的《深海余烬》、滚开的《隐秘死角》等6部作品分获

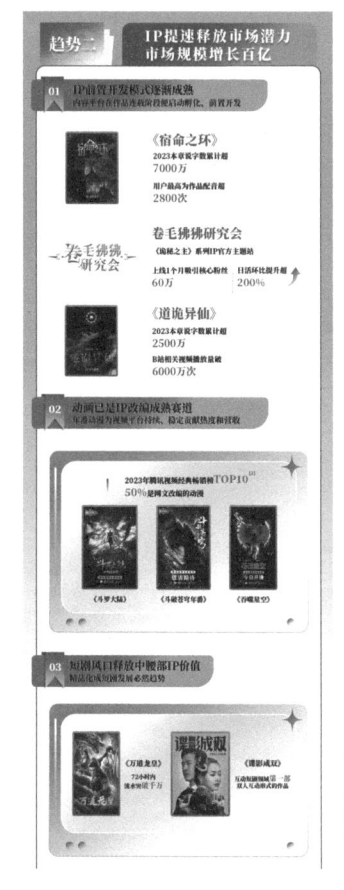

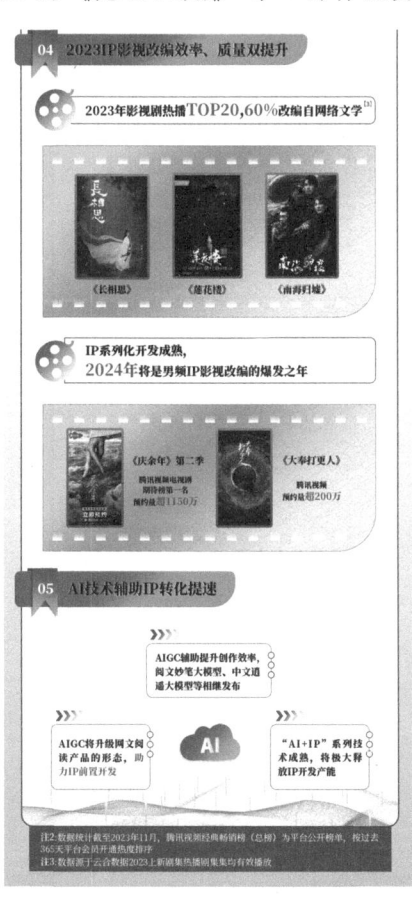

第 33 届和第 34 届中国科幻银河奖；《深渊独行》（言归正传）、《星域四万年》（卧牛真人）等 12 部作品入选《中国科幻文学 IP 改编价值潜力榜（2023）》。此外，九月酱的《大国科技》、不吃小南瓜的《从大学讲师到首席院士》、新手钓鱼人的《走进不科学》、星云落烟雨的《超自然事件调查笔记》、伪戒的《永生世界》等都是科幻品类脍炙人口的佳作。这些独具中国特色的网络科幻文学，以巧妙独特的世界观和天马行空的脑洞设定，将求新求变的中国精神和文化融入全球娱乐文化语境。

第二章 AIGC：网络文学内容生产的新机遇与新挑战

2022年底，Chat GPT的横空出世，使AIGC（Artificial Intelligence Generated Content，生成式人工智能）一跃成为整个2023年度当之无愧的全球性热门话题。作为一个基于大语言模型的人工智能聊天机器人，Chat GPT在常规的人机对话功能之外，还展现出极为强大的多模态内容生成能力，可依据指令流畅地撰写行政文书、计算机代码、学术论文、诗歌小说，甚至绘制插画、谱写歌曲等。这种由AI担任创作主体的内容生产模式，便是AIGC。其相关应用最早诞生于20世纪五六十年代（如计算机谱曲的弦乐四重奏《依利亚克组曲》和人机对话程序Eliza等），但直到21世纪10年代，才随着语音识别、机器翻译等技术的突破性进展而进入公众视野。Chat GPT的发布，又将AIGC的应用范围与创作潜力推向了一个前所未有的新高度。

21世纪初，得益于互联网技术的普及，UGC（User-Generated Content，用户生成内容）逐步取代PGC（Professionally Generated Content，专业人士生产内容），成为文化创意领域最主流的内容生产模式。中国最早的一批商业文学网站，如起点中文网、晋江文学城等，正是抓住了这样一个"内容生产民主化"的特殊历史机遇，才得以冲破传统出版业对畅销小说市场的垄断而飞速崛起。20年后的今天，AIGC对UGC构成的挑战，显然是比UGC取代PGC更为规模宏大、影响深远的变革。其中蕴含的机遇与风险，足以左右未来数十年网络文学行业的发展走向。如何回应并把握这一"内容生产自动化"的新趋势，已成为摆在网络文学行业从业者、研究者面前的一道无可回避的难题。

第一节　机器翻译助力网络文学的海外传播

中国网络文学与AIGC的渊源，可以追溯到网文海外传播过程中AI翻译工具的使用。机器翻译是人工智能神经网络（和Chat GPT同属一个技术路径）最早取得重大突破的应用之一，自2013年以来，随着DeepL、谷歌翻译、百度翻译等一系列老牌翻译工具陆续完成技术迭代，机器翻译也逐步具备了与普通人工翻译一较高下的水准。巧合的是，中国网络文学作品在英语世界的传播，正是兴起于这一时期。然而，当时包括Wuxiaworld在内的一系列翻译网站，却多以爱好者自发翻译、读者捐款资助为主要运营模式。人工翻译的速度既赶不上读者追更的脚步，更不可能在短时期内穷尽网络文学这个体量巨大的内容宝库，部分心急的海外读者甚至开始借助翻译工具阅读中文网络文学作品。

需求与产能的不匹配，自然而然地召唤着生产方式的革新，此时，技术日趋成熟、能够大幅度提升翻译效率、降低成本的AI翻译便成为不二之选。2017年，旨在为文学网站提供AI翻译服务与海外出版方案的推文科技正式成立。目前，由该公司发起的"中国网文联合出海计划"已囊括纵横文学、17K小说网、掌阅等 100 余家文学网站，短短几年内便有 7000 余部网络小说作品经由 AI 翻译顺利出海。2019 年底，阅文集团旗下的海外站点起点国际正式开始发布由 AI 翻译的网文作品，并同步上线"用户修订翻译"功能，利用读者的真实反馈来优化其自主研发的 AI 模型。2023 年，起点国际持续推进人机配合的 AI 翻译模式，以《神话纪元，我进化成了恒星级巨兽》（中译英）、《公爵的蒙面夫人》（英译西班牙语）为代表的多部 AI 翻译作品已成为深受读者喜爱的畅销佳作。

第二节　AIGC 作为网络文学创作的辅助工具

除了机器翻译领域的应用，AI 所具备的文学创作能力也越来越受到大众的瞩目：从 2017 年开始，首部由 AI 创作的小说《1 the road》以及微软人工智能框架"小冰"的个人诗歌集《阳光失了玻璃窗》陆续问世，再到如今普遍具备文学创作能力且支持用户通过各种形式的 promote 进行私人化定制的聊天机器人（如 Chat GPT、谷歌的 Bard、百度的文心一言以及彩云小梦等）。尽管目前由 AI 创作的文学作品还缺乏足够的可读性与稳定性，但考虑到 AI 绘画对漫画、游戏行业造成的冲击，AIGC 在文学创作领域的潜力与前景，或许足以引起相关从业人员的忧虑。

而在警惕未来可能面临的各种行业动荡以及法律、伦理问题之前，将 AI 的功能牢牢限定在"辅助创作工具"的范围之内，尽可能在当前的技术条件下，充分而有节制地利用人工智能的内容生成能力，同时有效地规避风险，或许将会是一个相对较为可行的探索方向。

2023 年 7 月 19 日，阅文集团发布了国内首个专注于网络文学这一垂直领域的大语言模型"阅文妙笔"及其应用产品——"作家助手妙笔版"。该产品主要为网文作者提供四种内容生成功能，即世界观设定、角色设定、情景描写和打斗描写。其中，自动生成世界观、角色的相关设定资料，对于动辄便要构造复杂的背景设定并且往往包含海量出场人物的网络小说而言，无疑是非常实用的辅助创作功能。例如，随机生成一个修仙门派各不同等级长老的尊号（世界观设定），或随机生成一个仅仅出场几百字篇幅的龙套角色的姓名、性格以及简要生平（角色设定）等，这类工作与其浪费作者宝贵的构思时间，倒不如交给AI来完成。并且，这些由AI生成的世界观设定、角色设定的文本，是无法逐字逐句地写进小说里的（例如"人物性格：心思缜密、处事冷静，任性而又坚韧"这样的设定资料），作者在创作过程中自发进行的遴选甄别与创造性转化，将在很大程度上避免著作权方面的争议。至于AI自动生成情景描写与打斗描写这两项功能，就处于较为模糊暧昧的地带了。不过，对于那些只看重故事整体走向而忽视情景、打斗描写的作品及其读者群体而言，在明确标注哪些段落使用了AIGC工具的情况下，由AI代劳一部分内容生产的工作，似乎也并不是不可接受的方案。

事实上，具备类似辅助创作功能的软件在网络文学行业早有先例，但像"作家助手妙笔版"这样基于AI技术和大语言模型的却属首例。由此牵扯出的有关训练语料来源、产出内容的原创性、著作权等问题的争议，将比过去面临的任何案例都要复杂百倍。在相关政策、法规充分完善之前，更需要广大从业者以深思熟虑、小心谨慎的态度，积极地探索未知、应对新变，同时也承担起相应的试错成本。

第三节　AIGC 在粉丝文化活动与 IP 前置开发中的应用

如今，越来越多的网文读者倾向于通过各种形式的交流、创作活动来表达自己对某些作家作品、人气角色的喜爱。这种以网络文学作品为"中心文本"的同人粉丝文化，正展现出极强的创造力与活跃度。自 2023 年以来，随着 AIGC 的兴起，许多空有"脑洞"而缺乏相应艺术创作能力的读者，也开始尝试利用各种 AI 创作工具（如 Chat GPT、Midjourney 等）通过提供关键词与引导，生成符合自身喜好的同人小说段落或漫画作品等。在仅供自己欣赏而不涉及大范围传播、售卖的情况下，这种行为显然是合理合法的。AIGC 为粉丝参与同人文化活动的形式提供了新的可能性，帮助他们更加灵活地分析、探索那些早已耳熟能详的故事和角色，并将自己独特的构思与偏好融入其中。

除此之外，训练具有特定性格及语言风格的聊天机器人，也是 AIGC 的拿手好戏。已经有许多文化名人、网红博主被制作成 AI 版本，"不眠不休"地为粉丝提供聊天服务。这也为同人文化活动开辟了全新的思路，那便是定制自己喜爱的角色的聊天机器人，使其具备人机对话能力，以实现跨越时空之境、虚实之壁的交流。但训练这样的 AI 程序，毕竟在技术和成本上存在相当高的门槛，并不是普通读者能够轻易实现的。2023 年 8 月 11 日，潇湘书院在其移动端 App 上推出了一项网文场景构筑功能——"筑梦岛"。借助这个功能，读者可以创造一个具有特定性格、身份的"虚拟伙伴"来陪伴自己的阅读时光，实现一边追更一边与书中角色畅聊的独特体验。相信随着这类需求的增多，面向普通用户的定制 AI 服务也会为粉丝文化活动的开展带来更多有趣的体验。

  总体而言，当前 AIGC 在网络文学海外出版、创作辅助、同人粉丝活动中的应用，已经对行业的发展产生了极其深远的影响，未来更有可能利用其强大的多模态转化能力，在 IP 前置开发等领域大显身手。而由此引发的一系列悖论与挑战，需要广大从业者、研究者着眼于技术、法律以及文学创作等多重维度，充分考量 AIGC 的著作权归属、数字资产的转化、训练数据来源的合法性、算法的可追溯性与可解释性、AI 生成内容的鉴别与区分等问题，在其中找到一个复杂微妙的平衡点，以促进政策、法规和文学创作伦理的制定与重估。

第三章　市场提速、视频加持，IP转化呈现新路径和新增量

在2023年大众文化和泛娱乐产业景观中，网络文学仍然是重要的供给侧。据第三方机构极光数据预测，2023年度网络文学IP市场规模年增长近百亿元。同时，网络文学IP改编所处形势也迎来重大改变：一方面，传统文学改编和原创剧集爆款频出，后疫情时代电影院线逐步回暖，外部竞合环境面临重塑；另一方面，大众审美变化凸显，微短剧成为新风口，游戏和动漫改编的系列化趋势增强，网络文学不仅通过丰沛而稳定的内容供给彰显着自身作为"IP"的资源属性，也在技术迭代和大众审美的合力下推动着网络文艺生态的更新。

其中，IP改编全链路的结构性变化成为2023年网络文学发展的亮点之一。IP前置开发模式逐渐成熟，内容平台得以在作品连载阶段便启动孵化，其定制化打造的有效互动、二次创作等模式，更成为IP改编孵化"杀手锏"。比如，《宿命之环》在起点读书App收获了7000万字"本章说"（读者可在全文任意段落进行点评的功能，类似于视频弹幕），单个用户为作品配音最高超2800次；《道诡异仙》"本章说"字数2500万字，B站相关视频

播放量破 6000 万次；起点读书为《诡秘之主》系列 IP 打造的官方主题站"卷毛狒狒研究会"，依托原著丰富的世界观设定，定制化打造出序列升级加阅读收集魔药的全新互动方式，上线首月快速汇聚了超 60 万"诡秘"核心粉丝，用户日活环比上线前提升超 200%，这些新模式均为 IP 产业转化提供了新路径与新增量。

第一节　网文 IP 在影视改编资源序列中继续领跑

2023 年是影视行业回暖复苏、整体向好的一年，也是网文 IP 与原创剧集、文学改编、漫改等多种产业转化路径博弈"内卷"、共生共荣的一年。2023 年，《狂飙》高开预热，《繁花》胜利收官，影视行业的高质量发展与降本增效有力带动 2023 年度 IP 影视改编效率、质量双双提升，"内容为王、品质至上"成为市场和观众对 IP 的检验标，IP 开始褪去"流量"的消极标签。在此背景下，网络文学作为影视作品的重要资源库，表现活跃而亮眼。在云合数据的《2023 上新剧集热播期集均有效播放霸屏榜》TOP20 名单中，改编自网络文学的作品超过半数。在《2023 年播出剧集骨朵平均热度榜单》的前五中，《长相思·第一季》《莲花楼》《长月烬明》占据 3 席。

除了数量优势之外，路径扩容也是 2023 年度的特点之一。起点、晋江、中文在线、17k 等老牌文学网站持续发力的同时，豆瓣阅读、知乎、番茄小说、七猫等后起之秀也在网文 IP 影视化的探索中初见端倪。根据豆瓣阅读小说改编的《装腔启示录》《九义人》《好事成双》，根据知乎小说《洗铅华》改编的《为有暗香来》等剧集受到广泛关注。知乎网文的创新意识和反套路、豆瓣阅读与现实生活的巧妙互动为网文 IP 提供了内容新质。番茄小说、七猫等文学网站也携手爱奇艺等视频平台，积极推进优质作品的 IP 改编。在总量充沛和路径扩容的合力下，传统网文平台和崛起的 IP"新贵"相辅相成，体现着网络文学题材的丰富性和风格的多元化，优化了网文 IP 的创作活力和产业价值。

第二节 动漫、科幻成为放大 IP 影响力的重要增量

南都娱乐与阅文集团联合发布的《2023IP 风向标》指出，男频 IP 为视频平台拓展了新空间，而动漫和科幻是支撑这一趋势的主要力量。

2023 年，动漫已经成为网文 IP 改编的成熟赛道，为整个产业创造了影视改编之外的突出增量。在各视频平台的年度片单中，网文改编的动漫作品比重不断攀升，腾讯视频播出的动漫作品 57% 来自网文 IP 改编；爱奇艺公布的 39 部作品中，网文 IP 改编作品有 22 部；B 站 2023—2024 年国创动画发布会片单中，网文 IP 作品占 43%。动漫改编在 2023 年度 IP 转化中的支柱性地位还体现在，由网文改编的动漫作品爆火之后又成为剧集的 IP 来源之一。如根据同名网络小说改编的动漫《少年歌行》改编为剧集后在豆瓣收获了 8.3 分的高口碑，动漫的用户黏性反哺其他 IP 链路，在多样化的产业转换中表现出"IP 经济"的活力，助推动漫作品成为视频平台增收的"第二曲线"。

长线化持续输出作为网文改编动漫的重要特征，推动年番动漫为主流视频平台稳定贡献热度与营收，持续强化市场反馈和粉丝黏性闭环。在 2023 年腾讯视频经典畅销榜单的 TOP10 中，男频 IP 动漫占据 5 部，年番动画《斗罗大陆》《斗破苍穹》《吞噬星空》《凡人修仙传》作为平台头部作品，拥有突出的市场口碑

和用户黏性。作为国产番剧进入网络时代后的首个"年番"动漫，《斗罗大陆》播出 5 年后以累计超过 520 亿次的播放量和超过 2000 万人次的互动量完结，生动诠释了"年番"成为"长青番"的过程。此外，《沧元图》《师兄啊师兄》《仙逆》等 2023 年度开更的网文改编作品注重故事逻辑和人物塑造，播出后反响积极。

2023 年男频 IP 的影响力还体现在科幻网文焕发出的产业活力上。在第 34 届中国科幻银河奖不同榜单单元中，共有《神秘尽头》等 9 部网络文学作品入围，《隐秘死角》等 2 部作品获奖；《中国科幻文学 IP 改编价值潜力榜（2023）》的 12 部入围作品中，网络文学占 6 席，充分彰显了科幻网文的创作实力、改编潜力和行业活力。同时，"科幻＋悬疑""科幻＋成长"等"科幻＋"模式不断发展完善，为硬核的科幻题材破圈拓展了类型叙事的辐射力。

除了动漫、科幻增量的有力推动，IP 系列化开发的逐步成熟，也预示着 2024 年将成为男频 IP 影视改编的爆发之年。截至 2023 年底，腾讯视频期待榜 TOP5 中 60% 是男频 IP，其中《庆余年》第二季位列电视剧期待榜第一名，预约量超过 1150 万；《大奉打更人》预约量超 200 万。在超高热度背后，既离不开《庆余年》《赘婿》《雪中悍刀行》等口碑剧集整体进化，推动观众审美口味多元扩容，以及近年来女频改编剧精品罕见、范式失灵等外部因素，也受到男性向作品相对丰满的世界观与群像塑造的影响，能够为编剧类型化深耕与观众二创提供更多空间等内部因素的影响。同时，《庆余年 2》《大奉打更人》《凡人修仙传》等存量"待爆"精品，也为男频 IP 影视改编提供了充足素材与稳固支撑。

第三节　微短剧成为网文 IP 转化的新风口

艾媒咨询发布的《2023—2024 年中国微短剧市场研究报告》显示，中国网络微短剧市场规模为 373.9 亿元，同比增长 267.65%。根据云合数据等机构发布的《2023 年度短剧报告》，全年在国家广电总局备案的微短剧 4500 余部，长短视频平台共同发力上新微短剧 616 部，较 2022 年的 474 部，产业扩张趋势明显。

从产业分工视角出发，网络文学给以重生、逆袭、穿越等"爽点"为主要内容的微短剧提供了重要的改编资源，微短剧则成为释放中腰部网文 IP 价值的风口。拥有大量中腰部网文 IP 的平台在微短剧的新风口中有望实现平台价值的跨越式增长。在《2023 年度短剧报告》年度上新短剧分账票房 TOP10（含并列）的 13 部作品中，根据网络文学改编的作品达 10 部，其中《招惹》分账票房突破了 2000 万元。同时还涌现出《倾世小狂医》《武极天尊》等市场表现力优秀的作品，《风月变》在搜狐视频和芒果 TV 同步播出，成为首部上星播出的微短剧。可以说，微短剧为 IP 生态拓展了更高效的 IP 可视化通道，未来的 IP 开发将是横竖屏、长短视频结合的形态。

微短剧的迅速崛起改变了网文与短视频的竞争格局，二者从争夺用户时间的竞争走向影响用户内容消费的融合。2023 年底，阅文发布"短剧星河孵化计划"，推出百部 IP 培育计划、亿元创作基金扶持及探索互动短剧三大举措，多部短剧流水过千万元，比如《万道龙皇》72 小时内流水即超过千万元，实现玄幻短剧赛道成绩及精品化的双重突破，打响网文精品短剧第一枪；国内第一部双人互动形式作品《谍影成双》预告片首次曝光，因首创沉浸式双人互动影游体验而备受用户关注。伴随着头部影视机构、文娱企业、网文平台纷纷布局，微短剧制作体系与内容水平将不断优化，叠加用户对精品内容的升级需求，精品化将成为微短剧发展的必然趋势。

第四章 持续推进版权保护生态共治，为网络文学海外传播保驾护航

2023年，国家对版权保护的力度从政策、监管到执行，持续加大，网络文学平台仍然保持上一年度的高度重视的态势，用户版权意识不断提升，版权环境呈现向好趋势。在多部门联合展开声势浩大的打击盗版行动把反盗版推向新高度的基础上，持续推进版权保护的生态共治，以全方位保障与服务为创作护航。

第一节 版权保护的制度指引

行政保护和司法保护互为补充，为网络版权发展提供了制度指引。近两年，中共中央办公厅、国务院办公厅印发的《关于推进实施国家文化数字化战略的意见》《"十四五"文化发展规划》以及中共中央、国务院印发的《2023年知识产权强国建设纲要和"十四五"规划实施推进计划》等顶层制度文件，从建设版权保护平台、加强版权登记监管、完善知识产权法院跨区域管辖制度等多方面为网络版权保护工作提供指引。

网络文学版权保护工作，进一步严格化与全面化。由国家版

权局、工业和信息化部、公安部、国家互联网信息办公室四部门联合启动打击网络侵权盗版"剑网2023"专项行动，是全国持续开展的第19次打击网络侵权盗版专项行动。自2005年起，国家版权局等部门针对网络侵权盗版的热点难点问题，聚焦网络视频、网络音乐、网络文学等领域，连续开展专项整治，有效打击和震慑了网络侵权盗版行为，规范了网络版权秩序，得到国内外权利人的充分肯定。通过"剑网"专项行动，督办了一批网络文学大案。在加大打击侵权盗版力度的同时，通过加强源头治理和行业监管，进一步强化对网络文学作品的版权管理。

随着我国网络安全法律体系建设的日趋完善，依法管网已成为持续推进版权生态化共治、推动网络文学海内外发展的重要保障。

第二节　头部企业以全方位保障与服务为创作护航

2023年，从政策、舆论环境到实践案例，在各平台持续将反盗版推向新高度的基础上，在科技反盗、侵权打击和行业战线上持续发力，在网络文学盗版难题上取得突破性进展，头部企业坚持专业化、常态化打击盗版，以全方位的保障与服务为创作护航。

起点中文网、晋江文学城等网站在作品版权保护方面坚持不懈地打击，反盗版持续取得突破性成果，防盗技术措施不断升级，包括上线涉密技术方案（用于追踪盗版源头）等。阅文集团全年成功下链110万条线索，通过技术方式拦截超过1.8亿次的盗版访问。近一年来，阅文日均监测近7600万条线索，累计打击有效盗版线索 82.7 万条，为 7 万余部作品发起维权诉讼。晋江文学城投诉删除 B 站侵权改编广播剧、有声小说音频 20000 余条；投诉删除酷狗、喜马拉雅、懒人听书、番茄小说侵权音频 4000 余条；投诉删除快手、LOFTER、数网侵权链接共计 1590 个；投诉下架的淘宝、拼多多等平台上的盗版售卖页面 223 个；投诉关停的盗文网站、微博用户、微信公众号及 QQ 盗文群组等若干。

头部企业也不断加大刑事追究力度，在多个典型侵权案件中取得胜诉。2023 年 10 月，阅文集团配合上海警方侦破一起侵犯公司旗下千余部网络文学作品的著作权案，成功捣毁一个在多款 App 发布侵权内容以牟利的犯罪团伙，在全国多地收网抓获包含上下游产业在内的数十名犯罪嫌疑人，涉案金额超亿元。案件的成功侦破对盗版网文产业形成了强有力的震慑，切实保护了企业和作者的合法权益。另外一起典型案件为某游戏及宣发信息中使用了《赘婿》小说的人物元素，以及小说的物品、场地名称、人物关系等元素以及电视剧中的部分元素，法院认定案涉游戏构成不正当竞争，赔偿 50 万元。

晋江文学城在 2023 年新立民事、刑事维权案件近 100 起，结案 1000 余起。起诉民事侵权或违约等行为为作者争取赔偿近千万元，有万余名作者获得赔偿。晋江法务团队在积极维权的同时不断总结维权经验、制作维权教程，向读者和作者科普合法维权投诉的方式和途径，将总结后的维权成果利用网站以及各类宣传途径进行主动宣传，在官方微博和微信公众号开设了"晋江法务在行动"话题，给作者和读者树立维权信心。法务部门每个月在官方微博披露可以公布的相关案件进度，加强广大用户对维权的关注度。

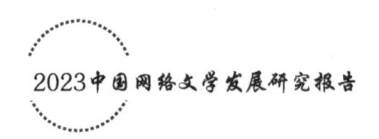

第三节　加速正版化进程，提升网络文学海外传播效能

近年来的版权保护成果有目共睹，除了政策法规等制度保障，行业始终保持专业化、常态化的打击态势，此外，学术界也对版权保护高度关注。2023年6月，在"第二届版权产业创新及知识产权保护东湖论坛"上，中南大学网络文学研究院院长欧阳友权发布了2022年度中国网络文学十大版权案例，入选的十大案例中，涉及抄袭作品判例2件，刑事维权1件，同名作品反不正当竞争案例1件，被告主体认定案例1件，诉前禁令案例1件，小说搜索引擎侵权案例2件，听书改编案例1件，应用商店信息存储空间案例1件。据发布者介绍，入选案例选择不求面面俱到、样样俱全，而是聚焦重点焦点，以引起业界关注，推动网络文学版权保护整体水平不断提高。

尽管版权环境日益向好，但形成网文盗版的三座大山仍然挥之不去，搜索引擎和应用市场作为盗版内容传播的主要渠道，侵害最为严重。我们始终呼吁，网络文学应该成为数字文化产业盗版治理的主战场，加大治理力度，从源头上消除盗版滋生的土壤，遏制盗版乱象。同时，海外市场规模超40亿元的中国网络文学，也面临海外维权难度更大的现实问题，包括跨地域侵权、证据收集和保全难度大、法律适用和管辖权问题，以及赔偿和追偿问题，对网络文学的海外维权形成了巨大的阻力。中国网络文学企业进行海外维权的成本高、压力大，难以保障自身知识产权，不利于"出海"事业的长期发展。

我们期待，通过各方努力，形成多元参与的网络文学版权治

第四章

持续推进版权保护生态共治，为网络文学海外传播保驾护航

理的局面，加速网文正版化进程，助力网络文学的海外传播。

趋势三　网文全球化深入　华语IP逐步进入全球视野

01　网文、游戏、影视已是"文化出海"的三驾马车

- 网文出海市场规模破 40亿元
- 海外网络作家约 41万名
- 海外原创作品约 62万部
- 海外访问用户 约2.3亿
- 用户覆盖全球 200+国家及地区
- 日均阅读时长 90分钟

02　AI"一键出海"助力全球追更

- 翻译效率提升 近百倍
- 翻译成本平均下降 超九成

畅销作品

中译英《神话纪元，我进化成了恒星级巨兽》(Mythical Era: I Evolved Into A Stellar-Level Beast)

英语译→西语、葡语、德语、法语《公爵的蒙面夫人》(The Duke's Masked Wife)

03　网文IP生态相继出海相互赋能 渠道爆款储备全球IP潜力

- 出版：授权作品出版 1000余部；合作海外出版机构 66家
- 有声：上线真人有声作品 100余部；单部作品最高播放量 1.08亿
- 漫画：上线漫画作品 1500余部；周览量超千万作品 123部
- 动画：YouTube日均上线 1集；年阅览量超 2.7亿
- 影视：《田耕纪》爱奇艺泰国网、日本地登顶；《聊聊日常》Rakuten Viki用户评分9.5
- 游戏：《斗破苍穹：怒火云岚》在马来西亚、印度尼西亚和泰国上线，东南亚地区2023年Q4新用户环比增长118%

作为大众参与、全球共创，彰显中华文化原创力的生动实践，网络文学已成长为讲好中国故事、传播中国声音的文化名片。
——中国社会科学院文学所"网络文学发展研究报告"课题组

报告数据来源于中国音像与数字出版协会等公开数据，艾瑞数据等第三方调研机构专业报告及统计数据，阅文等企业数据，新闻媒体报道

177

第五章　潜能迸发，网文出海规模和机制快速拓展

2023年12月，在"第三届海南自贸港网络文学论坛"上，中国作协书记处书记胡邦胜提出："经过20多年的发展，网络文学已经成为中国社会主义文学的重要组成部分，也是中华文化走出去的重要载体和最突出的亮点。近年来中国网络文学成效显著，海外影响力进一步扩大，呈现良好的发展态势，已经成为中华文化走出去的最靓丽名片。"诚如所言，随着网文全球化深入，中国网文的传播半径不断延伸、覆盖范围持续扩展，网文、游戏、影视已成为"文化出海"的三驾马车。2023年，中国网络文学在行业规模、作品内容、营业收入、运作模式、技术支持、赛道布局等方面，都显示出日益强劲的国际化影响和市场化活力。借势突飞猛进的AI技术和持续深入的文化交流，中国网文的海外传播正朝着规模化、精品化和生态化方向快速拓展，未来的全球IP有望从中国网文中诞生。

第一节　出海规模日新月异，海外原创遍地花开

回顾历史，网络文学经历了一个从海外来到海外去的发展过

第五章

潜能迸发，网文出海规模和机制快速拓展

程。20多年来，一部部网络文学作品由涓涓细流汇聚为滔滔江河，以不可阻挡之势奔向世界文学的海洋。如今的中国网文界，全球朋友圈越来越大、国际好伙伴越来越多、世界影响力越来越强。有研究者指出，中国网络文学的海外传播经从"自发的作品出海"发展到"自觉的版权出海"之后，在资本推动与产业化运作过程中，已经进入了"自主的生态出海"阶段。在技术、市场与资本的合力下，"网文出海"不仅成为中国走向世界出版强国的重要助推力量，更为新时代中华文化的世界传播探寻出一条创新路径。

2023年中国网文出海总体上仍然延续了前几年的发展态势，网文出海市场规模突破40亿元，作品质量稳定提升，作品数量持续增长。以起点国际（WebNovel）为例，截至2023年底，该网站就上线约3800部译作，同比2022年增长31%。随着AI技术的突飞猛进，文字翻译的瓶颈即将突破，出海作品数量有望相应出现一个井喷态势。长期蓄势待发的全球性IP生态在AI技术加持下，早已显露出爆发式增长态势。以阅文为代表的知名网文企业与企鹅兰登、Amarin、Libre等近百家海外出版机构开展合作，向日韩、东南亚、欧美等全球多地授权数字出版和实体图书出版作品约2000部，涉及英语、法语、德语、俄语、日语、韩语、泰语、越南语、土耳其语、葡萄牙语等20多种语言，囊括仙侠、玄幻、科幻、言情、奇幻、都市等多种类型，其中2023年阅读量最高的5部作品分别是开创基因流派的《超级神基因》、融合西方奇幻元素的《诡秘之主》、将东方文化融入世界风情的《宿命之环》、从游戏中开掘出领主流的《全民领主：我的爆率百分百》、讲述了现代女性摆脱困境的《许你万丈光芒好》。除阅文旗下的起点国际外，其他众多文学网站的海外业务也多有较好斩获。截

至 2023 年 12 月，晋江网文出海已成功拓展到 20 多个国家和地区，包括泰国、越南、缅甸、马来西亚、韩国、日本、俄罗斯、匈牙利、葡萄牙、德国、巴西、法国、西班牙、意大利、新加坡、哈萨克斯坦、土耳其、斯里兰卡等。

伴随着海外网络作家的快速成长，海外网络文学呈现出百花齐放的原创生态。中国的传统文化和网文创作模式给海外创作者以启发，再经由本土作家结合奇思妙想创作出丰富多彩的故事，让全球的读者可以在文学的海洋中感受多元文化的魅力。从一定意义上说，2023 年网文出海的最大亮点是海外原创作品数量的激增，截至 2023 年底，海外原创作品已超过 62 万部。自 2018 年 4 月上线海外原创功能以来，起点国际陆续推出全球年度有奖征文活动 WSA（WebNovel Spirity Awards）、全球作家孵化项目、作家职业化发展计划等一系列举措，培养海外原创网络文学生力军，让中国特色的网络文学创作和商业模式成功走向全球，为全球内容生态注入创新力量。截至 2023 年底，仅起点国际就培养了约 41 万名海外网络作家，为三年前同期的 4 倍。这些作家来自全球 100 多个国家和地区，其中美国、菲律宾、印度、印度尼西亚、尼日利亚、英国、巴基斯坦、马来西亚、加拿大和澳大利亚是网络作家数量排前十的国家。海外原创队伍，来自各行各业，覆盖老师、医生、会计、保险经纪人、餐厅服务员、计算机工程师、家族企业管理者等数十个职业。海外作者多为朝气蓬勃的年轻人，从起点国际的签约作家看，"00 后"最多，占比达到 42.3%；其次为"95 后"，占比达到 27.2%。不难看出，Z 世代是其中坚力量。从阅读情况看，截至 2023 年底，起点国际的海外访问用户数突破 2.3 亿人次，为三年前同期的 3 倍。这些用户来自全球 200 多个国家及地区，日均阅读时长 90 分钟。其中，美国的用户数量最多。从增速上看，2023年用户数增速最快的前五个国家分别是法国、突尼斯、希腊、津巴布韦和南非。读者年龄分布与作者情况相仿，年轻人是网文阅读的绝对主力。在起点国际的注册用户中，Z世代占比将近八成。

第二节 网文出海生态持续向好，赛道爆款储蓄全球IP潜能

中国网络文学出海，向世界传播的不仅是一部部优秀的文化作品，更是一整套立足于AI时代的创作机制和产业生态。在中国网文企业的影响下，越来越多的海外年轻人走上网文写作之路，海外原创网文呈现出日益繁荣的发展面貌。

相关调研资料表明，优秀网文海外IP开发频现佳绩，诸多爆款作品打造成为全球级IP的潜能初现。例如《天启：血术士征服之旅》《情迷》等多部作品海外实体版广受关注，《我的吸血鬼系统》等有声书作品最高播放量突破3000万次，覆盖英语和印欧语系的众多国家和地区；《龙王的不眠之夜》《我的龙系统》等多部作品海外漫画改编"人气值"数以亿计。2023年度海外上线真人有声作品超过100部，其中《抱歉我拿的是女主剧本》有声书以1.08亿次的播放量位居榜首。上线漫画作品近3000部，其中起点国际占半数以上，浏览量超千万人次的作品达到123部。例如，《全职高手》日文版在Piccoma单平台累计点赞数超567万，长居人气榜前三。网文改编的出海动画也取得骄人成绩，自2022年9月阅文开设YouTube频道以来，《斗破苍穹》《武动乾坤》《星辰变》等阅文IP改编的动画作品日均上线1集，累计订阅数过百万次，年浏览量超过2.7亿人次。影视改编更是风生水起，

继《庆余年》《赘婿》《斗罗大陆》《锦心似玉》《天才基本法》等 IP 剧集在海外上线后，2023 年，《田耕纪》在爱奇艺泰国站、日本站登顶，《卿卿日常》在 Rakuten Viki 的用户评分高达 9.5 分（满分 10 分）。此外，《赘婿》《开端》等剧集还被外国购买影视翻拍权，网文 IP 影视作品已成为海外剧集的重要内容源头。中国网文海外游戏开发业绩也不容小觑，2023 年，阅文首个自主海外发行的 IP 改编游戏产品《斗破苍穹：怒火云岚》在马来西亚、印度尼西亚和泰国上线，广泛辐射新加坡、孟加拉国等地的 IP 核心用户，实现东南亚地区 2023 年第四季度新用户环比增长 118%，并在中国港台地区取得 App Store 及 Google Play 下载榜第一的优异成绩。

总体上看，网文出海作品已形成 15 个大类 100 多个小类，都市、西方奇幻、东方奇幻、游戏竞技、科幻成为前五大题材类型。在东方奇幻类型中，很多作家受到中国传统文化的影响，在主题设定、人物角色、作品内核上都带着浓浓的"中国风"。如美国网文作品《在线修真》、印度网文作品《世界行者》均直接以中文命名角色，立足于中国神话和传统文化，向海外读者讲述修真的故事。值得注意的是，海外女性作家更爱写爱情喜剧、复仇文和悬疑爱情，男性作家更爱写冒险故事、系统文和成长升级。2023 WSA 金奖作品《继承至尊遗产的我》就是一部典型的成长升级文。网络文学的一大特征在于用户共读。随着海外网络文学生态的日益成熟，在线阅读本身的诉求和年轻世代的网络社交习惯，让海外的读者们更愿意表达，更愿意去了解其他同好的想法。也是共同的价值观和喜好，让围绕内容但又不限于内容的社交变得越来越频繁。

起点国际将中国网文的付费阅读模式带到海外，培养了海外用户的付费阅读习惯，奠定了海外网络文学高速发展的商业基础。截至2023年10月，起点国际上阅读量超千万的作品达到238部。其中，《许你万丈光芒好》《抱歉我拿的是女主剧本》《天道图书馆》《放开那个女巫》《超级神基因》《恰似寒光遇骄阳》《全职高手》《重生之最强剑神》《国民老公带回家》9部翻译作品的阅读量破亿，《许你万丈光芒好》更是以破4.5亿的阅读量成为海外最受欢迎的网文作品。

2023年，起点国际用户单月消费金额最高达到7230美元。精品内容吸引海外用户付费阅读，进一步激励作家创作出更好的作品，形成良性的海外发展生态。

同时，短剧也成为网文出海的重要改编形式之一。据第三方分析平台data.ai统计，海外短剧应用下载量从2023年5月进入爆发期，热门短剧应用同年7月海外下载量直逼300万，环比增长率超300%，优爱腾国际版、Reelshort、TikTok（抖音国际版）、kwai（快手国际版）等均已布局短剧赛道。

第三节 AI翻译前景无限，"一键出海"助力全球追更

如前所述，中国网络文学海外传播经历了出版授权、翻译出海、模式出海等阶段。如今，已进入"全球共创IP"的新阶段。这种模式鼓励不同国家和地区的创作者共同进行网络文学IP的培育及开发，开启了网络文学全球化的新一轮浪潮。此外，中国网文出海还受益于各种技术和平台的支持。例如，AI翻译技术的进步使文学作品能够快速且准确地被翻译成多种语言，满足不同国家和地区读者的阅读需求。同时，各种海外平台也为中国的网络

文学作品提供了更广阔的传播空间。

由于中国网络文学作品数量巨大，人工翻译的头部作品只是海量作品中的冰山一角。为了能让全球"催更"读者更快更全面地感受中国网络文学的魅力，满足不断增长的阅读需求，起点国际于 2019 年启动机器翻译，在人工翻译的基础上拓展 MTPE（机器翻译＋人工校对）模式。2023 年 6 月，阅文集团启动新一轮组织业务升级，明确公司的中长期蓝图是升级 AIGC 赋能原创的多模态多品类内容大平台，构建新的 IP 上下游一体化生态体系。此后，阅文集团加大 AIGC 技术的布局，起点国际也开始探索将翻译模式由 MTPE 升级为 AI。

在 AI 的助力下，网文翻译正在突破产能和成本的限制。一方面，翻译效率极大提升，由日均翻译十余章节向日均翻译上千章节跃进，效率提升近百倍；另一方面，通过建立专用词库人机配合，翻译成本平均下降超九成。而在内容质量方面，AI 翻译作品也表现不俗，多部成为起点国际最高等级的畅销作品。

目前，起点国际借助 AI 可将作品翻译为英语、西班牙语、印尼语、葡萄牙语、德语、法语、日语等多种语言，不仅中国网文作品从中受益，海外原创网文作品也有了更大的传播空间。可以说，AIGC 正在推动网文的规模化出海，让中国网文无缝对接全球市场。而随着新技术应用的持续深化，"一键出海"、全球追更已经成为翻译出海的新趋势。充分利用人工智能（AI）翻译技术，已成为网文企业加快出海速度的首选。推文科技 CEO 童晔表示，AI 翻译系统可使行业效率提高 3600 倍，翻译成本却是此前的 1%。未来，通过人机协同优化翻译质量，中国网络文学将向海外进一步输出，产业生态打造也将更趋完整。

阅文集团 CEO 侯晓楠说："网络文学，既是世界读懂中国的一扇时代之窗,也是文明交流互鉴的一座数字桥梁。"因此,如何将网络文学打造成中国文化世界传播的"亮丽名片",对每个网络文学工作者来说,责任重大,使命光荣。针对当前网文出海的现状与问题,广大网文工作者,群策群力,集思广益,提出许多宝贵策略和建设性意见。例如,中国作协网络文学中心提出的"四大转型升级"倡议引起了广泛的关注。一是加强对受众和对象国的调查研究,从粗放式传播向精准传播转变。二是优化出海作品题材结构,从以一般性传统题材为主,向以反映当代中国的现实题材为主的内容生态转变。三是改进传播方式,由单一的文本阅读向以视频为代表的媒介融合传播转变。四是完善运营机制,由平台在国内向海外推送,向在海外本土化发展转变。通过转型升级,大力提升中国网络文学的国际传播力和影响力,促进中国与世界各国的沟通交流和友好相处,为重塑世界新的文化版图、提升中华文化的世界影响力作出网络文学的新贡献。

结　语

2023年，网络文学在持续繁荣的整体风貌之下，深耕内容、创新模式的内生动能悄然蓄积，改变着生产机制和行业生态的发展趋势。精品化、IP转化提速、全球化等年度趋势，推动网络文学内容富矿向实生长，网络全民阅读跻身生活方式；IP开发逐步成熟，AI辅助创作增效，版权保护推向新高度；网文出海再创新高，华语IP进入全球视野。一年来，中国网络文学围绕"高质量发展"这一核心目标提质增速，激活内驱力、优化新业态，助力构建了推动文化繁荣、建设文化强国的坚固底座，在弘扬时代精神、讲好中国故事、传播中华文化中作出了不可替代的贡献。

中国社会科学院文学研究所《2023中国网络文学发展研究报告》课题组
　　陈定家　中国社会科学院文学研究所研究员（课题组负责人）
　　汤　俏　中国社会科学院文学研究所副研究员

高寒凝　中国社会科学院文学研究所助理研究员
杪　椤　中国社会科学院文学研究所高级访问学者
王文静　中国社会科学院文学研究所高级访问学者
郑　薇　中国社会科学院文学研究所高级访问学者

附录 《2023中国网络文学发展研究报告》发布暨研讨会致辞实录

时间：2024年2月26日（星期一）下午
地点：中国社会科学院学术报告厅

王昌林：尊敬的各位领导、各位嘉宾、朋友们，大家下午好！我们刚刚度过了一个欢乐祥和的龙年春节，迎来了《2023中国网络文学发展研究报告》发布以及研讨会，充分表明中国网络文学学术研究欣欣向荣，呈现了良好的发展局面。出席今天会议的领导有：中国社会科学院院长党组书记高翔；中国作家协会党组成员、书记处书记胡邦胜；全国政协委员、中国文联原党组成员、书记处书记张宏；中宣部文艺局局长刘汉俊；中央网信办网络传播局副局长、一级巡视员王娟。

来自中国国家版本馆、中国新闻出版广电报、中国现代文学馆、《光明日报》、《文艺报》、《人民文学》、《文艺研究》、北京大学、清华大学、中国人民大学、南开大学、北京师范大学、首都师范大学、陕西师范大学、南京师范大学等单位的专家学者，以及阅文集团、晋江文学城等网络文学行业领导及知名网络作家代表参加会议。此外还有来自中国社科院部分职能部门和研究所的领导，让我们以热烈的掌声对大家的到来表示诚挚的欢迎。

让人民群众成为网络文学的主角、主创、主体

中宣部文艺局局长刘汉俊

尊敬的高翔院长、昌林副院长、各位专家、媒体朋友：

大家下午好！感谢中国社会科学院的邀请，我谨代表中宣部文艺局对《2023中国网络文学发展研究报告》的发布表示热烈的祝贺，对各位专家表示衷心的感谢。我发言的题目是：让人民群众成为网络文学的主角、主创、主体。

先给大家分享一首诗：从空气里赶出风，从风里赶出刀子，从骨头里赶出火，从火里赶出水，赶时间的人没有四季，只有一站和下一站。这首诗的题目叫作《赶时间的人》。

还有一首诗：在电话里，女儿大哭，骗人，我没有梦到妈妈，连爸爸也没有梦到，妻子抬头看我，泪在眼眶里打转，我故作轻松地吹了声口哨，其实，最不可靠的就是梦了。离家时我们答应到女儿的梦里去，却一次也没有启程，倒是五岁的女儿，不远千里，一次次跑到我和妻子的梦里来。

这两首诗的作者叫王计兵，是来自江苏徐州的快递小哥，因为在生活底层打拼的辛苦，他从手机上创作了4000多首诗。快递小哥成为网红作家，作品风靡互联网，感动了无数人，要感谢网络，感谢生活，感谢时代。这是网络的力量，网络文学的魅力，是伟大时代的温度。让普通人、平凡事成为大众的关注，让人民群众成为网络文学表现的主角。

《2023中国网络文学发展研究报告》发布的结果表明，包括网络文学在内的网络文艺，在新时代呈井喷式发展。这种发展表现在创作者泉水般地涌现、作品浪潮式地奔涌，既有专业作家、作协会员等文学工作者的精心付出，也有普通百姓、基层群众等非专业人士的倾情投入，文学创作不再仅仅是文学界、文人圈的专利，作品展示的窗口也不再仅仅是传统的文学报刊。只要怀有一颗文心、揣有一副文笔，通过网络你就可以雕龙、描凤、画虎，可以纵笔舒展你的万千丘壑、万丈豪情，可以倾诉你的百转柔肠、千千心结、万般乡愁。网络小说《蹦极》展现了外交官鲜为人知的多个生活侧面；《大国蓝途》讲述了我国海洋水下机器人研制试验的曲折经历，让我们感受深沉而炽热的家国情怀；网络小说《只手摘星斗》书写了中国卫星导航事业的艰辛历程，作者在最后的感言中说，"我愿意做一名现实写手，把精彩故事用文字讲给你们听"。他们以敏感的文心、敏锐的文笔、炽热的情怀，向我们展示了天上地上水下、国内海外生活的斑斓和情愫的美好，这些作品写得十分精彩、非常好读。还有《大国重工》《一梭千载》《千金方》《中医高源》《戏角儿》《许你万丈光芒好》《天道图书馆》《天衣》《赘婿》《地球纪元》《穹顶之上》等作品，构思妙、角度巧、表达新，情节反转引人入胜，奇思妙想令人脑洞大开，让我们看到了生活的色彩、作品的精彩，也给传统的文学创作范式、表现形式、传播方式以启发。文学作品可以在网络上孵化成影视剧、微短剧、舞台剧、网络游戏、动漫作品。丰富的题材反映了斑斓的现实，高超的叙事技巧提纯出生活的原汁原浆。时代出经典，生活出作家，快递作家、菜场作家、保安作家的涌现，是时代的标签，更是对文学创作本原和主体的回归。莫愁网络无知己，天下谁人不识君。深居僻壤的一棵小苗，

附 录

《2023中国网络文学发展研究报告》发布暨研讨会致辞实录

可以成长为网络上令千万人仰望的一棵大树。不分职业地域，无论男女老少，都可以参与创作、奉献力作，让人民群众成为网络文学的主创。

更重要的是，丰富的网络文学作品，极大地满足了人民群众的精神文化需求。网络文学消费可以是"低门槛""低成本""无障碍"，文学工作者、文学爱好者可以组群建圈，各阶层人士也可以上网进圈，各行各业各类"族"、大小城市各种"漂"，保安、保洁、保姆、快递哥、打工妹，都可以在网络作品中看到自己、看到同路人、看到诗和远方，得到精神上的慰藉、人生路上的陪伴、遭受挫折后的指点。生活中的窘迫和情怀上的畅达、心中的梦想与现实中的酸楚，可以在网络空间找到"共同体"，结成"同心圆"，握手拥抱、把盏共话、互相照亮，同享文学的盛宴和精神的甘露，人民群众是网络文化权益享有的主体。

所以说，网络文学使人民群众成为被书写的主角、作品的主创、文化权益享有的主体，体现了习近平总书记所强调的"以人民为中心""人民至上""让每个人都有人生出彩的机会"的思想。2024年是习近平总书记在文艺工作座谈会发表重要讲话十周年，新时代党的文艺事业取得了历史性成就、发生了历史性变革，成果得到极大的丰富。让习近平文化思想的阳光照进社会生活的每一个角落，让每一棵小草都挺起胸膛，是我们的文化责任。建设网络文学大国、强国，是新时代、新征程新的文化使命，建设文化强国、建设中华民族现代文明的题中应有之义，我们责无旁贷。

如何推动网络文学健康发展，提出四点建议：一是坚持用习近平文化思想指导网络文学创作发展，坚持正确的创作导向和方针，坚持文学的品质、守住精神的高地，坚持个性化表达和多样化发展，坚持发挥网络技术优势和尊重网络传播规律，坚持加强引导、管理和服务；二是当下要加强对现实题材、历史文化题材、科技科幻科普题材、青少年题材的关注，精选、优化、拓展选题；三是加大推介力度，使中国网络文学及其衍生作品，成为文化"走出去"的新亮点和排头兵；四是加强网络文学基础理论研究和评论工作，推动文学研究和文艺批评主力军进驻网络主战场，摒弃对网络作品的偏见，引导网络文学作品有更高的立意、更高的格调，回归文学的色彩，关注 AI 技术等对文学创作带来的机遇和挑战，助力网络文学的高质量发展。

这正是我们今天关注网络文学，发布和研讨《2023 中国网络文学发展研究报告》的意义所在，感谢中国社会科学院所作的富有专业性、基础性、前瞻性、战略性的贡献，感谢中国文联、中国作协各高校及研究机构、报刊、网络平台对网络文学创作的推动和网络作家组织培养所付出的卓有成效的努力，中宣部文艺局将继续支持和推动包括网络文学在内的文艺创作繁荣发展。

最后，预祝今天的发布会圆满举行，感谢各位专家，谢谢。

追踪网络文学的发展动向，重构新时代文艺美学思想

全国政协委员、中国文联原党组成员、书记处书记张宏

尊敬的高翔院长、各位领导：

大家下午好！今天会聚一堂非常隆重地对《2023 中国网络文学发展研究报告》进行揭幕，作为一个在中国文联和中国电影界工作多年的文艺工作者能够参加这个活动特别自豪与光荣，首先我向发布会的举办表示热烈的祝贺。

附 录

《2023 中国网络文学发展研究报告》发布暨研讨会致辞实录

新时代孕育新希望，新征程催生新使命，中国社科院文学所紧跟时代发展和文学市场变化，以敏锐的艺术感受力和深刻的学术洞察力，及时追踪网络文学的发展动向，重构新时代文艺美学思想，把生活、社会与艺术融为一体，彰显了文艺研究的实践设想，敏锐地抓住了新事物的新特点。

研究报告不仅梳理了网络文学与传统文化的关联，还发掘了网络书写所孕育的现实性。致力于探索网络文学在新时代的媒介下关注网络文学与影视、动漫、游戏等 IP 改编环节的跨媒体叙事共生，以及对未来智能空间的构想，等等，展现了多面立体的研究样态和守正创新的学术风范。当前随着文学边界的拓展和多元化的发展，还有文学新秩序的构建和研究范式的转变，文艺生产与研究呈现了丰富多元的格局和现实的创造使命。而蕴含的自我革命、重构的网络文化的创作实践也体现出主流价值观、人民立场，在现实导向中表现出独特的作用。近年来网络文学逐步从边缘进入主流视觉、由区域性走向世界性、从个体独立走向社会思想和情感体验的综合展示，呈现出了复杂多元的文化生态和发展态势，这既是创作主体与新媒介对网络文学的赋能，也是市场与大众的选择，其中更是离不开在座各位网络作家和行业专家的共同努力。

今天，我们来盘点网络文学发展状况，对过去和多年来的历史进行回顾和总结。对潜在的优势和发展的梳理，对未来发展可能性的预测，以及对网络文学通过跨界走向经典做出的新探索，随着网络文学与影视及出版行业的协同发展，一直是热门话题。网络文学与电影的合作必然会更加充分展示人类文化的丰富性、多元性，展示不同时期、不同文化背景下人们所感受到的幸福与自豪、问题与挑战。我相信未来中国电影电视界将会和文学所更多地进一步加强合作，共同探讨中国特色社会主义文艺理论的新课题，为中国式现代化提供文艺表达的新范式，彰显宏阔的文化视野，更好的想象力与内生力量，体现中国文化的主动、主体性、包容性和创新性，推动文明互鉴，构建人类命运共同体，创造出不负时代的具有永恒人类意义的新辉煌。

最后，祝发布会和研讨会取得圆满成功，谢谢大家。

贯彻习近平文化思想，推动网络文学高质量发展

中国作家协会党组成员、书记处书记胡邦胜

尊敬的高翔院长、王昌林副院长、各位同人：

今天中国社会科学院隆重发布《2023 中国网络文学发展研究报告》，可喜可贺可敬，这是学习贯彻习近平文化思想，推动网络文学高质量发展的重要举措，在此我代表中国作家协会向报告的发布表示祝贺。

2014 年 10 月习近平总书记在文艺工作座谈会上强调，互联网技术和新媒体改变了文艺形态，催生了一大批新的文艺类型，也带来了文艺观念和文艺实践的深刻变化，由于文字数码化、书籍图像化、阅读网络化的发展，文艺乃至社会文化面临着重大变革。十年来广大网络作家笔耕不辍，创作了大量的优秀作品，拉动了文化产业的快速发展，形成了蔚为大观的新时代文学景象。

目前，网络文学已经具备了诸多区别于传统文学的美学特征，以网言网语、连载发布、互动热度为特征成为互联网时代的新型文艺样式。换句话说，网络文学是中国式现代化催生的文学新形态，这是第一个新。网络文学以穿越、重生、金手指等独特

附 录

《2023 中国网络文学发展研究报告》发布暨研讨会致辞实录

的叙事方法丰富了中华文明的呈现形式，是中华民族现代文明的新表达，这是第二个新。目前网络文学向海外累计输送了 1600 余部作品，海外活跃用户超过 1.5 亿人，访问人数超过 9 亿人，网络文学已经成为世界了解中国的新渠道，这是第三个新。网络文学不仅是文本，也有 IP 转化，特别是像游戏、动漫、网剧、有声书的改变，是拉动下游文化产业的强大引擎，是文化强国的新载体，这是第四个新。网络文学以 Z 世代为创作主力，成为互联网时代最具有活力的创作生力军，中国作协的会员目前 1.4 万人，网络作家和报告上各种数字不一，起码是几十万人、上百万人坚持写作，特别是 40 岁以下的作家大多数是网络作家，网络文学已经成为新时代中国文学发展的新力量。

新形态、新表达、新渠道、新载体、新力量，这五个新是我们对网络文学的新认知，充分说明网络文学已经成为当代中国社会主义文学的重要组成部分，今天中国社会科学院文学所发布《2023 中国网络文学发展研究报告》必将推动网络文学再上新台阶。

经过 20 多年的高速发展，网络文学目前进入相对平缓的发展阶段，面临着诸多成长问题，甚至是瓶颈，我们必须要客观理性认识这些问题，我们必须要准确把握网络文学的特征规律，进一步推动网络文学的主流化和精品化。目前网络文学研究的突出问题是底数不清，迫切需要全面、客观、准确地摸清网络文学界的新情况。有的时候我们在中国作协开会经常讲，网络文学是目前的新样式，但是目前网络文学的工作方式基本上是手工的，这是网络文学的突出矛盾。比如作家数量，有的报告说目前网络作家千万人，实际上经过四年的工作来看，目前 20 个省的省级会员不到 8000 人，而且是经过认真筛选。比如网络文学作品千万部，但真正完结的有真正阅读量的作品估计只有几十万部。每天网络文学发布的数字现在报告累计是一个多亿，网络文学的研究者每天面临着几十万字甚至上千万字的阅读，怎么进行研究。比如研究《红楼梦》，就是几本书，看得慢一点一周看完了，网络作品同时发布这么多的量，我们怎么研究，这些问题都是我们面临的新问题，我们必须要理性客观地认识这些问题，只有摸清第一手的实时性的信息，才有可能进行认真的研究，才有可能有的放矢，提出有针对性的意见和建议，中国作协希望通过这次发布和中国社会科学院文学所强化网络文学理论评论和行业发展状况的研究，构建科学的、理性的评价体系，为网络文学的高质量发展提供理论支持和引导。

目前，网络文学研究还处在探索过程中，从某种意义上来讲还处于初级阶段。网络文学有以故事性为特征的文学性，以互联网为载体的传播性，还有以平台和下游众多游戏动漫企业为下游的产业性。故事性、传播性，这是传统文学不太具备的。比如网络特征目前强调流量，如果发展不好很容易流量至上，这些问题迫切需要我们研究；比如什么是网络作家？现在基本上把网络写手，甚至把网络登记者都当成网络作家，网络作家要有作品，起码要有一部作品，这些问题都需要研究；比如网络文学的技术性发展，当 Sora 出现以后实现了文本阅读和视频阅读的统一，Sora 出现以后对网络文学到底是什么样的影响，它到底面临什么样的困难，我们有什么样的机遇，等等，迫切需要加强研究。网络文学在当下的研究意义特别重大，特别是现在中央提出文化强国指标，从现在来看到 2035 年还有不到 12 年的时间，文化强国要有标志这个时代特征的文学作品，网络文学有没有？如果网络文学仅仅只有穿越和幻想就不是这个时代的文学。文化强国一定是人才辈出，而网络文学作家体量巨大，是具备这个条件的。文化产值占GDP的比重，美国大概占30%，日本占20%，现在我们占了不到5%。网络文学相对传统文学是最能拉动下游游戏动漫、文化产业的发展，最能拉动文化产业GDP的文化样式。

相较于传媒类、舞台艺术，网络文学是最有效的海外传播方式。从这个意义来讲，无论是人才、作品、拉动下游文化产业发展、海外传播方面，网络文学目前是文化强国最有活力的一部分，这一点来讲，通过这次报告的发布应该提高新的认识。现在中国社科院文学所即将呈现的《2023中国网络文学发展研究报告》将激发我们新的思考，大家可以坦诚交流，这必将推动在2024年找准网络文学的发力点。

目前网络文学处在关键时期，网络文学乘时代之势，领风气之先，我们要牢记"国之大者"，学习贯彻习近平文化思想，承担新时代新的文化使命，充分发挥网络文学的优势，助推网络文学成为世界级的文化现象，提升中华文化在世界文化版图中的份额，铸就中华文化在新时代的新辉煌，让我们共同努力，再次感谢中国社科院、感谢大家。

深入研究探讨网络文学，共同推进文化强国建设

中国社会科学院科研局局长 胡滨

尊敬的各位领导、各位来宾、专家学者、网络文学界和新闻媒体的朋友们：

大家下午好！很高兴参加《2023中国网络文学发展研究报告》的发布会和研讨会，我在这里谨代表中国社会科学院科研局对各位专家、学者、网络作家的到来表示热烈的欢迎，对文学所

和课题组各位成员表示衷心的祝贺。

习近平总书记在致首届网络文明大会的贺信中指出，网络文明是新形势下社会文明的重要内容，是建设网络强国的重要力量，习近平总书记的贺信着眼以网络强国助力全面建设社会主义现代化国家的战略全局，深刻阐明建设网络的重大意义、目标任务和实践要求，对加强新时代网络文明建设提供了科学指引。网络文学近年来广为流行，从《2023中国网络文学发展研究报告》中，我们看到整个网络文学在社会效益、社会影响力、文化传播力等方面取得了引人注目的成就，成为备受社会各界瞩目的热点话题和文学研究领域不可忽视的重要方面。参加这个会议的我作为一名网络文学的爱好者，当年看了很多网络文学作品。中国社会科学院是我国人文社会科学研究的中坚力量。《2023中国网络文学发展研究报告》是课题组成员经过调查研究、理论分析等多种手段对网络文学开展长期观察，把握最新的发展状态所得出的重要研究成果。该报告全面深入总结了我国网络文学在创作、传播、产业链构建和版权运营方面所面临的机遇和挑战，为我们深入认识网络文学的发展现状、提升网络文学的创作质量、挖掘网络文学的发展潜力提供了重要的理论支撑和实践方向。相信这份报告对于网络文学研究领域的学者和从业人员将会具有非常重要的参考价值，我相信这份报告一经发布会在社会上引起良好的强烈反响。

作为文学所近年重点培养的研究方向，网络文学研究的重要性不言而喻，中国社会科学院科研局在新的一轮学科建设跟战略的资助计划中，专门将网络文学和大众传媒作为新型交叉学科予以支持和资助，《2023中国网络文学发展研究报告》正式作为学科建设的重要成果向社会发布。科研局将继续在科研资源的配置、人才培养、学术交流、出版资助等方面为网络文学提供强有力的支持，营造良好的研究环境，助力中国网络文学研究事业的蓬勃发展。

我们深知网络文学是我国文学和文化发展的重要组成部分，面对不断变化的市场环境和多元的市场需求，研究者理应更加深入地研究探讨网络文学及其现象本质和内在规律，更好地发挥网络文学在我国文化建设事业中的重要作用，我们也欢迎到场的各位嘉宾、专家学者、从业人员、新闻媒体对报告提出中肯的建设性的意见和建议，帮助课题组更好地改进研究工作，为我国的网络文学事业的健康发展作出更大的贡献。

最后，再次对课题组各位成员的辛勤劳动和优异成果表示祝贺，并预祝今天的研讨会圆满成功，也希望到场的各位嘉宾能够持续关注中国社会科学院网络文学研究的进展和成果，共同推进我国文化事业发展携手奋进，共同推进文化强国建设，铸就中华民族文化的新辉煌。谢谢大家。